ALS DER WELT DAS GELD AUSGING

Economic Thriller

BEN FARIDI

Erst wenn der letzte Fluss vergiftet, der letzte Fisch gefangen, der letzte Baum gerodet ist, werdet ihr feststellen, dass man Geld nicht essen kann.

Cree Indianer

Prolog

Er konnte seine Augenlider kaum öffnen. Sie waren durch den Frost angefroren. Ein Geräusch hatte ihn geweckt. Es musste der Braunbär gewesen sein, dem er seit zwei vollen Tagen hinterherjagte. Die Jagd war gefährlich, aber für das Geld, das er für den Bären bekommen würde, lohnte es sich.

Ächzend stand er auf, rieb sich die Augen warm, bis sie sich öffneten, und klopfte den Schnee aus seinem Fellmantel. Die Sonne war ein weißer Farbtupfen hinter einem wässrigen Schleier. Die Welt war grau, braun und vor allem weiß. Keine richtige Farbe, kein Grün, kein Rot. Die Äste der Sträucher zogen sich wie schwarze Adern durch den weißen Morgennebel.

Wieder knackte es, ein einsames Geräusch in der sibirischen Tundra. Angestrengt blickte er in die weiße Nebelwand und versuchte etwas zu erkennen. Der Wind blies helle Schlieren durch den Nebel.

Urplötzlich tauchte der Braunbär vor ihm auf. Das mächtige, drei Meter große Männchen schnüffelte mit erhobener Schnauze in der Luft.

Der Jäger schätzte das Alter des Tiers auf 15 Jahre und das Gewicht auf annähernd eine Tonne. Er versuchte seinen Herzschlag zu beruhigen. Er wusste, dass er in Lebensgefahr war, und zog sein schweres Gewehr langsam an die Schulter. Das Tier reagierte nicht im geringsten auf seine Anwesenheit. Der Bär war mit etwas anderem beschäftigt. Dann spürte der Jäger auch das dumpfe Sirren und nahm die Stille wahr, die einem einschneidenden Ereignis vorausgeht. Die Luft um ihn herum schien sich aufzuladen. Ob seine Sinne ihm nach den vielen Tagen in Einsamkeit und Schnee einen Streich spielten?

Dann sah er, wie Blut auf den Schnee tropfte, ein grell leuchtendes Rot in seinen Augen, die so lange nur Grau und Weiß gesehen hatten. Es dauerte einen Moment, bis er begriff, dass es aus seiner eigenen Nase rann, mehr ein Strahl als einzelne Tropfen. Ihm wurde angenehm warm.

Der Tod erlöste ihn mit einem raschen Schlag. Er spürte nicht mehr, wie seine Haut verbrannte, dicke Blasen schlug und das Fleisch bloß lag. Er fühlte nicht, wie seine Augäpfel zerplatzten, und auch nicht, wie ein umherfliegender Stein seinen Schädel zertrümmerte.

TEIL 1

BEN FARIDI

Frankreich, Cevennen, 13. Mai

„Esskastanien", dachte sie. „Es sind die
Esskastanien in der Soße mit dem Merlot. Sie
vermischen sich zu diesem besonderen
Geschmack."

Während sie mit ihrer Familie zu Abend
gegessen hatte, war sie abgelenkt gewesen. Aber
nun, in der Ruhe der Dämmerung, tauchte der edle
Geschmack auf ihrer Zunge wieder auf. Ihre
dunklen, schulterlangen Haare verschmolzen mit
der Nacht, ebenso wie ihre dunkelbraunen Augen.
Man sah nur, wie sich ihr markantes Gesicht mit
der kleinen Nase gegen die Dämmerung
abzeichnete.

Es war Frühsommer und Zoe Clarand
verbrachte ein verlängertes Wochenende vor
Beginn der großen Ferien bei ihrer Familie auf dem

Land. Sie brauchte diese Momente der Erholung, wenn sie wusste, dass eine große Aufgabe vor ihr lag.

Zoe arbeitete als Projektleiterin bei Airbus. Sie war für die pünktliche Auslieferung von Flugzeugen verantwortlich. Um die Auslieferung sicherzustellen, hatte sie beinahe unbegrenzte Mittel zur Verfügung. Denn jeder einzelne Tag Verspätung wurde mit so hohen vertraglichen Strafen belegt, dass der Gewinn in wenigen Tagen dahinschmolz, von dem Imageverlust ganz abgesehen. Vor ihr lag die Auslieferung eines A400. Airbus und EADS konnten sich kein weiteres Debakel leisten. Noch immer lastete der Makel des A380 auf dem Unternehmen.

Aber Zoe dachte nicht an ihre Arbeit. Sie wollte ein Kind. Dieser Wunsch war stärker geworden als alle anderen Wünsche, die sie in ihrem Leben gehabt hatte. Sie hörte die Holzdielen hinter sich knarren und erkannte ihren Vater am Schritt.

„Du wirkst nachdenklich", sagte er. „Was geht dir im Kopf herum?"

Sie schmiegte ihren Kopf an die Schulter ihres Vaters. Andere Menschen fragten bei heiklen Themen ihre beste Freundin oder andere Vertraute. Für Zoe war ihr Vater immer der vertrauensvollste Ratgeber gewesen.

„Der Winter war lang und dunkel", sagte sie.

„Hast du wieder Camus gelesen?", fragte er.

„Dann wäre ich besser gestimmt. Nein. Ich will ein Kind."

Ihr Vater blieb ruhig. Sie hörte ihn zwischen dem Gezirpe der Grillen atmen.

„Manchmal gibt es diese Gedanken, die etwas Selbstverständliches plötzlich auftauchen lassen."

„Für mich ist es nicht selbstverständlich. Ich habe keinen Mann, ich arbeite rund um die Uhr. Und plötzlich ist dieser Wunsch da. Ich verbringe keinen Tag mehr, ohne an ein Kind zu denken."

„Dann wirf alles hin und fange etwas anderes an."

In diesem Augenblick wusste Zoe, dass sie ihren Vater genau wegen dieses Satzes gefragt hatte.

„So werde ich es wohl machen", sagte sie ihm.

Deutsche Eifel, 14. Mai

Der Rücken tat Norman weh. Er stand von seinem Schreibtisch auf und ging zur

Kaffeemaschine. Er drückte den Knopf für einen süßen schwarzen Kaffee und der Apparat surrte los. Nach einigen Sekunden lief das schwarze Getränk in einen Pappbecher. Zufrieden ging er durch den dunklen Gang an seinen Tisch zurück.

Er liebte die Nachtschicht. Niemand störte ihn dabei, wenn er in Träumen von fernen Welten versank. Warum sollte im Orion-Nebel keine technisch überlegene Zivilisation existieren? Könnte doch sein.

Norman Becker war 28 Jahre alt. Was andere an ihm als erstes bemerkten, war seine fahle, beinahe durchsichtige Haut. Man hatte Angst, ihm die Hand zu geben, weil seine Haut so verletzlich schien. Die dunklen Augenringe, seine große, hagere Gestalt und die spärlichen, hellbraunen Haare unterstützten den Eindruck eines gesundheitlich schwächelnden Menschen.

Norman arbeitete seit zwei Jahren in einem der waldreichsten Gebiete Europas, der deutschen Eifel. Dort befand sich in einem kleinen Dorf das zweitgrößte bewegliche Radioteleskop der Welt mit einem Durchmesser von einhundert Metern. Norman hatte Radioastronomie studiert und war von der Vorstellung besessen, dass er entgegen allen wissenschaftlichen Erkenntnissen eine außerirdische Zivilisation entdecken würde oder zumindest einen Himmelskörper, der nach ihm benannt werden würde.

Als er nach seinem Studium am Max-Planck-Institut die Möglichkeit erhalten hatte, eine Stelle im Rahmen eines Forschungsprogramms zu bekommen, schien er im Reich seiner Träume angekommen zu sein. Nun arbeitete er schon seit zwei Jahren am Teleskop und begann, von der Routine zunehmend gelangweilt zu werden. Weder Planeten noch Sonnensysteme waren überraschend auf seinem Bildschirm erschienen, geschweige denn Außerirdische in der Eifel gelandet.

Trotzdem genoss er die Nachtschichten sehr. In der Dunkelheit und Stille konnte er von versteckten Galaxien und Raumschiffen träumen. Die Arbeit in der Dunkelheit brachte ihn näher an seine Träume. Er chattete in einem Forum für Astronomen, dem „stardust", und sah nebenbei auf die Ergebnisse, die das Teleskop lieferte. Als Nickname hatte er sich „Explorator" ausgewählt. Besonders gerne unterhielt er sich mit „Savepluto".

Auch an diesem Abend hatte er sich eingeloggt und fand seinen Chat-Freund im üblichen Chatroom.

„Was machst du gerade?", fragte Norman.

„Alte Serien ansehen", antwortete Savepluto. „Und du?"

„Meine vierte Tasse Kaffee", schrieb Norman. „Manchmal frage ich mich, ob ich mich am nächsten Morgen noch aus den Spinnweben befreien kann. Wir scannen im Moment den südlichen Teil des Balkens."

„Balken" nannten die Astronomen in ihrem Jargon einen Teil der Milchstraße – eine unvorstellbar große Ansammlung von Sternen, Sonnensystemen und sonstiger Materie mit einem Durchmesser von 120 000 Lichtjahren. Licht und andere Strahlung, die die Teleskope von der anderen Seite unserer Galaxie empfingen, waren also schon vor 120 000 Jahren ausgesendet worden. Die vielen Arme der Milchstraße wanden sich um einen rund 27 000 Lichtjahre langen Balken, der sich im zentralen Bereich der Milchstraße befand. In der Mitte des Balkens befand sich das Zentrum der Milchstraße, ein schwarzes Loch. Der Balken war für Astronomen von besonderem Interesse, weil man sich von dort die interessantesten Erkenntnisse über Aufbau und Entstehung der Galaxie erhoffte.

Während Norman einhändig tippte, um gleichzeitig mit der anderen Hand den Kaffeebecher zu halten, begannen sich einige Werte auf den drei Bildschirmen an seinem Arbeitsplatz zu verändern.

„Was ist denn hier los?", murmelte er vor sich hin und stellte den Kaffeebecher ab.

„Hast du auch etwas auf dem Schirm?", tippte er in das Chat-Fenster ein und klickte auf OK.

„Warte", antwortete Savepluto. „Ich wechsle die Satellitenschüssel."

Einige Sekunden vergingen, dann schrieb er weiter.

„Hab es auch. Das gibt es doch nicht, Apophis hat Begleitung bekommen."

„Dann mal gute Nacht", schrieb Norman und loggte sich aus.

Er musste dringend einen Bericht verfassen.

Frankreich, Cevennen, 14. Mai

Zoes großes Hobby war die Astronomie. Sie hatte nach der Schule ernsthaft in Erwägung gezogen Astronomie zu studieren. Die Berufsaussichten an einer Forschungseinrichtung schreckten sie jedoch ab. Sie suchte mehr Nähe zur

Industrie und zum Geld. Dieses Ziel hatte sie erreicht. Doch die Begeisterung für Astronomie hatte sie nie verlassen.

Nach dem Gespräch mit ihrem Vater hatte sie ihr Notebook angeschaltet und im Internet gesurft. Dabei stieß sie auf die Nachricht einiger Hobbyastronomen, die meldeten, dass ein Meteoritenschwarm auf dem Weg in Richtung Sonnensystem sei. Sie erinnerte sich an den Namen „Apophis" und folgte den Meldungen mithilfe des internen Netzwerks, zu dem sie durch Airbus Zugang hatte, und war verblüfft über die Ausmaße, die das Ereignis annehmen konnte.

Wenn bei der Auslieferung eines Flugzeugs nur kleinste Anzeichen auftraten, dass es möglicherweise zu Verzögerungen kommen könnte, führte sie umfangreiche Analysen durch und entwickelte Vermeidungsstrategien. Aber hier, wo offenbar das ganze Sonnensystem bedroht war, schien sich niemand aufzuregen.

Gegen Mitternacht wurde sie müde und legte sich schlafen. In der Nacht schreckte sie plötzlich auf. Die Uhr zeigte auf drei. Es würde noch dauern, bis die Dämmerung anbrechen würde.

Obwohl ihr Vater genau das gesagt hatte, was sie von ihm hatte hören wollen, hatte sie ein ungutes Gefühl. Sie konnte nicht näher beschreiben, was dieses Gefühl auslöste. Aber es war so deutlich, als würde eine Elefantenherde auf sie zustampfen. Sie konnte nicht mehr einschlafen.

Zoe überprüfte abermals ihre Mails. Morgen musste sie nach Marseille zurück, um an einer Konferenz mit Dubai Airlines teilzunehmen, die eine Großbestellung über neue Großraumjets aufgeben wollten. Sie sah sich die letzten Neuigkeiten zum aktuellen Projektverlauf an, als ihr die Nachricht über den Meteoritenschwarm wieder in den Sinn kam. Kurz nippte sie an dem Glas Wein, das sie sich mit hoch genommen hatte, und loggte sich dann in das Airbus-Intranet ein, um die aktuellen Nachrichten dazu durchzusehen. Obwohl Zoe sich sicher war, dass das Thema bei Airbus auf hohes Interesse stoßen würde, fand sie keine weiteren Informationen über den Meteoriten. Überrascht pingte sie über den Messenger ihren alten Freund Nicolas an, der als „online" angezeigt wurde.

„Wie ich sehe, kannst du auch nicht schlafen", schrieb sie in das Fenster.

„Hallo Zoe", antwortete er. „Wir haben uns seit Wochen nicht gesehen. Arbeitest du so viel?"

„Ich habe gerade eine Auslieferung abgeschlossen und bin bei meinen Eltern, ausspannen. Und du?"

„Ich sitze immer noch in dem Forschungslabor von Montpellier und arbeite an dem Modell des

Lowfuel-Gleiters. Wirklich schade, dass wir uns kaum noch sehen."

Nicolas tippte das Zeichen für „traurig" ein. Er hing Zoe noch immer nach, obwohl sie vor Jahren nur eine kurze Affäre während eines Kongresses gehabt hatten.

Zoe war das Interesse von Nicolas nicht entgangen. Eigentlich mochte sie One-Night-Stands nicht. Bei Nicolas war das anders. Wenn sie ihn sah, lief ihr eine Gänsehaut den Rücken hinunter.

„Hast du etwas über diesen neuen Meteoriten Apophis gehört?", fragte sie. „In den Haus-nachrichten taucht das Thema nicht mehr auf."

„Das stimmt. Aber es gibt wilde Gerüchte um Apophis."

„Gerüchte? Was für Gerüchte?"

„Apophis hat vor einigen Jahren eine heftige Debatte ausgelöst und die UNO zu einer konzertierten Aktion bewegt. NASA, ESA und die russische Raumfahrtagentur planen Maßnahmen, um den Meteoriten aus der Bahn zu bringen. Die neuen Daten lassen aber vermuten, dass die Pläne nicht mehr umzusetzen sind und eine viele größere Bedrohung auf uns zukommt."

„Gibt es Details?", fragte Zoe.

„Bestimmt. Aber keine, die uns zugänglich sind. Die EADS wurde herausgehalten. Also höchste Geheimhaltungsstufe."

„Hast du irgendeine Idee, was an so einem Meteoriten geheim sein könnte?"

„Vielleicht würde die Wahrheit Panik verursachen."

Zoe blickte nachdenklich auf den Bildschirm. Nicolas könnte Recht haben. Allein der Gedanke an ein Ereignis, das eine derartige Panik auslösen könnte, ließ Zoe eine Gänsehaut über die Arme laufen.

Sie wandte sich einigen Mails zu, konnte sich aber nicht mehr konzentrieren. Ständig dachte sie an Filme wie „Armageddon" und an das mysteriöse Tunguska-Ereignis.

Am Anfang ihrer Karriere, kurz nach dem Beenden ihres Wirtschaftsstudiums an der Pariser Ecole Superior, hatte sie mit dem Gedanken gespielt, eine Laufbahn als Politikerin zu beginnen. Doch die korrupte französische Elite hatte sie abgestoßen.

Dennoch waren ihr politische Ränkespiele nicht fremd. Sie beschloss einen Informanten anzuzapfen, von dem sie sich bisher aus gutem Grund ferngehalten hatte. Sie hatte seine Telefonnummer im Gedächtnis. Vor rund zehn Jahren hatte sie ihn ein einziges Mal angerufen.

Deutsche Eifel, 15. Mai

„Bitte berichten Sie uns, Norman."

Bereits einen Tag nach der Entdeckung stand Norman vor einem größeren Publikum. Er hasste die geschraubte Art, wie man in offiziellen Sitzungen redete. Es setzte ihn unter Druck und er begann an den Händen zu schwitzen.

„Also, hm", räusperte er sich. „Während meiner Nachtschicht holte ich mir gerade einen Kaffee ..."

„Nur das Wichtige", unterbrach ihn Günther Kempff, der Leiter des Forschungsprogramms. „Und bitte ohne Fachchinesisch. Ich habe Herrn Bittner von den Behörden dazugebeten."

Herr Kempff nickte einem älteren Herren mit Brille zu. Er war der einzige, der Anzug und Krawatte trug.

„Ja, jedenfalls blinkte diese Anzeige auf."

Norman stockte und wartete darauf, dass man ihn wieder unterbrechen würde. Warum hatten sie ihn überhaupt in die Runde der Abteilungsleiter geholt, wenn ihm doch keiner zuhören wollte? Aber niemand sagte etwas und alle warteten auf seinen Bericht. Dann räusperte Norman sich und fuhr fort.

„Apophis hat Begleitung bekommen", sagte er in die gespannte Stille. Er blickte nervös zu Herrn Bittner von der Behörde. „Apophis ist ein Asteroid, der die Sonne umkreist. Alle 323 Tage einmal herum. Im Abstand von derzeit sechs Jahren kreuzt er die Umlaufbahn der Erde. Es ist einer von fast 1000 bekannten Asteroiden, die auf Kollisionskurs mit der Erde sind. Viele Objekte kreuzen irgendwann einmal die Umlaufbahn der Erde. Mit etwas Pech treffen sie dann auf unseren Planeten. Apophis gehört zu dieser Gattung. Er hat einen Durchmesser von 300 Metern und wird die Erde mit einer Wahrscheinlichkeit von 1 : 45 000 im Jahr 2036 treffen. Das ist nichts Neues. Die UN rechnet mit einem gewaltigen Einschlag und versucht mit ihren Partnerorganisationen Abwehrmaßnahmen zu ergreifen."

Norman machte eine kurze Pause und trank einen Schluck Wasser. Dann fuhr er fort.

„Auf seiner Umlaufbahn hat Apophis einen Meteoritenschwarm durchquert, der weit an der Erde vorbeizieht. Wir hatten eigentlich erwartet, dass Apophis dabei einige Grad aus seiner Bahn gezogen werden könnte und so möglicherweise gänzlich an der Erde vorbeiziehen würde. Aber offensichtlich haben wir das Gravitationsfeld von Apophis falsch berechnet und er hat nun ganz im Gegenteil einen größeren Teil der Meteoriten in seine eigene Bahn gezogen. Wir sehen uns nun einem ganzen Schwarm von Meteoriten gegenüber, von denen jeder einzelne allein gewaltige Zerstörungskräfte entfalten könnte."

„Was verstehen Sie denn unter ‚gewaltigen Zerstörungskräften'?", fragte Herr Bittner in einem neutralen Tonfall, den man wohl ausschließlich in einer Behörde erwerben kann.

Norman überlegte kurz, wie er die Auswirkungen beschreiben könnte.

„Kennen Sie das Tunguska-Ereignis?", fragte er in die Runde.

Auf einigen Gesichtern standen Fragezeichen.

„Ich weiß, das ist irgendwie mysteriös und niemand kann genau erklären, was damals passiert ist. Wahrscheinlich handelte es sich um einen Meteoriteneinschlag. Am 30. Juni 1908 ereignete sich in Sibirien am Fluss Tunguska eine gigantische Explosion. Die Explosion war über Tausend mal stärker als die Atombombe über Hiroshima. Eine unvorstellbare Verwüstung überzog ein Gebiet von über 2000 Quadratkilometern rund um das Epizentrum. Zum Glück lebte damals in dieser

Gegend kaum jemand. Lediglich ein Bärenjäger wurde getötet. Da kurz zuvor ein Metoritenfall beobachtet worden war, wird angenommen, dass ein Steinasteroid in einigen Kilometern Höhe in die Erdatmosphäre eintrat und explodierte. Die Fakten sind widersprüchlich. Das Probenmaterial der Tunguska-Expedition hat eine spezifische Zusammensetzung aus Olivin, Pyroxen und Plagioklas ergeben und deutet damit auf einen Asteroiden hin. Gesichert ist das allerdings nicht. Sie fragen sich wahrscheinlich, was das alles mit meiner Beobachtung zu tun hat. Ganz einfach: Der Meteoritenhagel, der auf uns zukommt, besteht aus vergleichbarem Material. Wenn also auch nur einige wenige Meteoriten die Erde treffen, werden wir einen Effekt haben, wie die gleichzeitige Explosion mehrerer hundert Wasserstoffbomben."

Norman hatte wie üblich unbedarft erzählt, was er dachte. Als er die Sätze zu Ende gesprochen hatte, wurde ihm bewusst, welche Ungeheuerlichkeit er gesagte hatte. Er spürte, wie der Schweiß seinen Rücken hinab lief. Am Tisch herrschte betretenes Schweigen. Schließlich räusperte sich der Forschungsleiter.

„Neben der Zerstörung durch die Explosion selbst ist zu erwarten, dass Teile der Erdatmosphäre aus dem Gravitationsfeld der Erde gerissen werden", erläuterte er. „Die Folgen wären

ein Absinken des Sauerstoffgehalts in der
Atmosphäre, enorme Sonneneinstrahlung auf der
sonnenzugewandten Seite, Eiseskälte auf der
sonnenabgewandten Seite. Wegen der
Geschwindigkeit, mit der sich dies alles abspielt,
könnte alles bekannte Leben verlöschen."

Herr Bittner sprang auf.

„Wollen Sie hier etwa ein Weltuntergangs-
szenario an die Wand malen, damit Ihr
Forschungsbudget erhöht wird?", fragte er erregt.
„Es geht um Steuergelder. Ich muss also schon
sehr bitten, dass Sie realistisch aufzeigen, was
geschehen wird."

Er rückte seine schwarze, dünnrandige Brille
wieder waagrecht auf die Nase, strich sich die
dünnen Haare nach hinten und setzte sich wieder.
Es war nicht zu übersehen, dass er sehr ungehalten
über das scheinbar für ihn inszenierte alberne
Theater war.

Die Abteilungsleiter, der Leiter des Forschungsprogramms Kempff und Norman sahen sich
verstohlen und sichtlich genervt an. Kempff beugte
sich nach vorne.

„Herr Bittner, ich habe eine Frau und drei
Kinder. Ich habe Sie eingeladen, weil ich möchte,
dass meine Familie in drei Jahren noch lebt. Das ist
mein voller Ernst. In diesem Augenblick finden in
den USA, Japan, Russland und England

vergleichbare Sitzungen statt. Wir sprechen hier von der größten äußeren Bedrohung, der die Menschheit jemals gegenübergestanden hat."

„Welche konkreten Vorschläge soll ich denn ins Kanzleramt mitnehmen?", fragte Herr Bittner in einem neutralen Ton, den man auch bei der Frage der Neubestuhlung des Parlaments hätte anschlagen können.

„Wir brauchen einen Krisenstab, der die internationale Kommunikation sicherstellt und mit entsprechenden Kompetenzen ausgestattet wird", sagte Kempff energisch. „Und da Sie es bereits ansprachen: Wir brauchen Geld, viel Geld."

USA, New York, 15. Mai

Richard Brady aalte sich auf seiner Sonnenterrasse in New York in der Hitze des Mittags. Er ließ sich massieren. Die junge Frau knetete seinen gebräunten, muskulösen Körper und rieb ihn abschließend mit Sonnenöl ein.

Entspannt setzte er seine Google-Glass-Brille auf. Sie stellte Informationen in einer dreidimensionalen Projektion dar. Verschiedene Ebenen lagen scheinbar übereinander und konnten nach Bedarf wie ein Kartenspiel aufgefächert werden. Das Gerät wurde von einer kleinen Spezialfirma für Börsenmakler angepasst, und zu diesen gehörte Richard.

Er handelte mit Devisen. Täglich wurden Währungen im Wert von mehreren Billionen Dollar gekauft und verkauft. Selbst kleinste Schwankungen im Wechselkurs wurden durch die hohen Beträge zu einem lukrativen Geschäft – wenn man sie zu nutzen wusste. Dafür wurde Brady von seiner Firma in London bezahlt. Sie bot Währungssicherungsgeschäfte an, mit denen sich internationale Unternehmen gegen Schwankungen in Wechselkursen und Energiepreisen absichern konnten – durch Zahlung eines nicht zu geringen Preises, versteht sich.

Wenn man es richtig anstellte, konnte man es durch seine eigenen privaten Geschäfte im Devisensektor bereits im jugendlichen Alter zum Multimillionär bringen.

Brady hatte mit 34 Jahren sein jugendliches Alter hinter sich gelassen und ein Bankkonto, das bis zum Platzen gefüllt war. Allerdings hatte er es im Gegenwert mit barer Lebenszeit bezahlt.

Zwischen zwanzig und dreißig hatte er rund um die Uhr gearbeitet. Das bedeutete, dass er jeden Tag um sechs Uhr morgens aufgestanden und nach einem Hotdog gegen Mitternacht nach Hause gekommen war. In der Zwischenzeit hatte er vor sechs Bildschirmen gesessen und ununterbrochen mit Kollegen telefoniert. Er hatte zwei Wochen Urlaub im Jahr gehabt, die er mehr oder weniger schlafend an einem Hotelpool verbracht hatte. Und er hatte keinen einzigen Freund, obwohl er ein riesiges Netzwerk an Bekannten hatte. Alles in allem war es eine unerträgliche Zeit gewesen, bis er den großen Coup gelandet und einen Weltkonzern im Alleingang zu einem Milliardendeal gebracht hatte.

Seit dieser Zeit befand sich Richard im Ruhestand. Dieser Zustand war nicht zu vergleichen mit dem Ruhestand von gewöhnlichen Rentnern. Brady arbeitete inzwischen nur noch zehn Stunden am Tag und verknüpfte viele Termine mit Treffen auf Wohltätigkeitsveranstaltungen oder Abendvergnügungen. Dadurch hatte er am Tag jetzt einige Stunden für sich, sein Privatleben.

Und das war sein Problem. Ein sinnentleertes Leben machte einfach keinen Spaß. Die Privatzeit schien völlig überflüssig und ihm fehlte das Adrenalin durch die Milliardengelder, die ihm bisher täglich durch die Hände gegangen waren, und die damit verbundene Wertschätzung. Neben den vielen jungen Damen, mit denen er sich umgab, hatte er irgendwann eine ihm bisher verborgen gebliebene Seite entdeckt: Er wollte im Bereich „Charity" etwas tun. Also hatte er eine Stiftung zur Unterstützung von Kindern in Somalia gegründet. Damit konnte er nicht nur sein Bedürfnis stillen, die Welt zu verbessern, sondern auch auf seinen Cocktailpartys immer etwas Interessantes erzählen.

Während Richard auf seinem Smartphone herumtippte, kam über seinen exklusiven Nachrichtendienst in der Rubrik „Verschiedenes" die Meldung, dass ein Meteoritenschwarm in Richtung Sonnensystem unterwegs sei. Richard klickte die Meldung weg und drehte sich noch einmal kurz in die Sonne. In seinen Kopf entstand die Fantasie, dass wirklich einmal größere Meteoriten die Erdatmosphäre durchdringen könnten. Was würde wohl geschehen?

Doch dann stand seine Haushaltshilfe vor ihm und erinnerte ihn an seinen nächsten Termin. Brady schlüpfte in seinen Anzug, nahm seinen gepackten Koffer und eilte zu einem bereitstehenden Wagen.

Eine Stunde später sah er durch das Fenster seiner Gulfstream, wie die Skyline von New York immer kleiner wurde. Er schaltete das hauchdünne Display an, das in der Edelholzzarge vor seinem bequemen Flugsessel eingelassen war, und loggte sich ins Internet ein, um sich die aktuellen Devisenkurse anzeigen zu lassen.

Obwohl weder das Chart noch die Nachrichten dafür sprachen, sprang der russische Rubel deutlich nach oben. Brady war überrascht. Er hatte ein untrügliches Gespür für Kursbewegungen und hierfür konnte es nur die Erklärung geben: dass irgendjemand mit noch unbekannten Informationen auf einen steigenden Kurs spekulierte.

Mit einigen Softwaretools konnte er das Orderbuch der letzten 24 Stunden einsehen. Die Käufe kamen von einer Institution namens GRITA – einem Namen, den er noch nicht gehört hatte. Dies war ein übliches Vorgehen, um den wahren Käufer zu verschleiern.

Offensichtlich war also ein Profi am Werk. Das machte Brady umso stutziger. Dieser Käufer hatte wahrscheinlich stichhaltige Informationen, die ihm selbst nicht zugänglich waren. Er nahm den Hörer in die Hand und rief seine Assistentin in New York an.

„Hi Francine, hier Richard. Könntest du dich bitte um Backgroundinfos zu einer Adresse unter dem Namen GRITA kümmern?"

„Um was geht es?", fragte sie nach.

„Kann ich noch nicht einschätzen. Ist ein Briefkasten für einen Profi, der im Moment Rubel kauft und nicht erkannt werden möchte."

„Ich kümmere mich gleich darum."

„Danke."

Richard legte auf und beschloss, Rubel für Euro zu kaufen. Drei Millionen Euro schienen ihm ein angemessener Einstieg zu sein. Er füllte die Ordermaske aus und klickte auf „Senden". In Echtzeit wurde der Betrag von seinem Devisenkonto abgebucht. Augenblicklich vollzog sich eine Reaktion auf dem Chart. Bei Beträgen dieser Höhe löst ein Kauf unmittelbar eine kleine Kursbewegung aus.

Gespannt sah er auf das Orderbuch und wartete, ob GRITA wieder auftauchen würde.

Frankreich, Marseille, 15. Mai

Es gab einen kleinen Piepton, als Zoe ihre Hand
auf den Scanner legte. Die Glastür öffnete sich. Sie
war lange nicht mehr in diesem Teil der Anlage
gewesen. Vor einigen Jahren war hier das
Ortungssystem des Eurofighters hergestellt
worden. Inzwischen war das Gelände ein
sogenannter Incubator-Campus von Airbus.
Mitarbeiter wurden ermuntert aus ihren Ideen
eigene Konzepte zu entwickeln und auszugründen.
Airbus sicherte sich die Vorkaufsrechte an den
Patenten und Produkten und stellte dafür eine
hervorragende Infrastruktur zur Verfügung. In den
Gebäuden befanden sich auch wichtige
Wissensträger für militärische Projekte. Deswegen
war der Zugang nicht ganz einfach.

Zoe lief einen leeren Gang entlang und klopfte
an eine Tür, an der „François Lalangue" zu lesen
war. Ein freundliches Gesicht sah hinter einem

Bildschirm auf, grinste und winkte sie lächelnd herein.

„Zoe", sagte der Mann. „Was für eine Überraschung! Setz dich."

Er räumte einen Stapel Akten von einem Stuhl und rückte ihn an den kleinen Tisch.

„Ich hätte nicht gedacht, dass ich so viel Glück habe und dich sofort treffe", sagte Zoe. „Früher bist du so viel unterwegs gewesen."

„Früher", antwortete François mit einem verklärten Blick. „Nun ja, inzwischen habe ich hier mein eigenes kleines Unternehmen und hoffe, bald Milliardär zu sein. Unser kleines Projekt mit den Nanotechnologen hat seine Spuren hinterlassen. Und bald wird auf jedem Gegenstand in der Industrie mein holografisches Display als neuer Barcode aufgebracht."

„Ich bin wegen Apophis hier"

„Dieser Meteoritenschwarm?"

„Genau. Ich habe versucht zu recherchieren, aber die Zugänge zu den meisten Quellen sind gesperrt. Damals hattest du doch Zugang zu den Sicherheitsdatenbanken von Airbus. Bestimmt gibt es wieder militärische Interessen – und ich bin doch so ein neugieriger Mensch."

„Sicherheitsdatenbanken sind dazu da, um sicher zu sein. Wollen wir doch mal testen, ob mein Zugang auch wirklich gesperrt wurde."

Er setzte sich an der Rechner und begann zu tippen.

„… erstmal die Anonymisierungssoftware einschalten. Dann der Zugang von François Villion …"

„François Villion?"

„Ich hatte mir eine kleine Notidentität in den Systemen angelegt, falls mir einmal unerwartet gekündigt werden sollte."

François öffnete einige Browser und gab mehrmals Passwörter ein. Dann grinste er.

„Ich suche mal nach Meteoriten. – Ups, brauche ich gar nicht. Ist direkt auf der ersten Seite. Airbus ist europäischer Konsortialführer für ein Regierungsprojekt. Ich lass dich damit mal alleine."

François verließ sein Büro und Zoe setzte sich vor den Bildschirm. Erst las sie mit einer gewissen Distanz, dann wurde sie jedoch immer stärker in den Bann gezogen – in den Bann der Katastrophe.

Der Meteoritenschwarm wurde zurzeit exakt vermessen. Jeder einzelne Himmelskörper wurde nach Gewicht, Größe und Zusammensetzung klassifiziert. Derzeit waren 3740 Gesteinsbrocken erfasst. 178 wurden als hochgefährlich eingestuft. Sie hatten Größen von zwei bis drei Kilometern Durchmesser und würden in der Atmosphäre Explosionen in der Art von Wasserstoffbomben verursachen. Das momentane Szenario ging von einer Zerstörung von rund siebzig Prozent der Erdoberfläche aus, die innerhalb von vierundzwanzig Stunden erfolgen würde. Es gab auch Zahlen über die erwartete Opferzahl. Sie bewegten sich um die sechs Milliarden innerhalb der ersten Woche, was praktisch einer Auslöschung der Menschheit gleichkam. Zoe traten Tränen in die Augen. Sie wollte noch Kinder bekommen.

Airbus entwickelte unter strengster Geheimhaltung ein europäisches Maßnahmenprogramm. Ein Teil der Meteoriten sollte gesprengt werden, der andere Teil sollte durch eine Serie von Raketen von ihrem Kurs abgebracht werden. Für jeden einzelnen Meteoriten wurden spezielle Verfahren entwickelt. Durch neuartige Materialien sollte das Gestein spröde gemacht werden. Die Raketen sollten mit hochfesten Verbundstoffen versehen werden, damit die Schilde härter wurden und die Antriebe verstärkt werden konnten. Die Liste endete nicht mehr.

Das Statusdokument der letzten Sitzung enthielt auch eine Kostenschätzung. Sie lag bei 200 Billionen Euro in den kommenden drei Jahren. Um die notwendige Produktionsleistung zu erreichen, sollten die Haushaltmittel der EU aus praktisch allen Bereichen in den Etat dieses Projekts geleitet werden. Ebenso sollten die industriellen Kapazitäten ausschließlich für dieses

Projekt zur Verfügung gestellt werden. Dazu gehörte auch, dass ein Großteil der Energie der Energieversorger für die Maßnahmen aufgebraucht werden würde. Es würde zwar ein Rest für die Bevölkerung bleiben, aber eben nur ein kleiner.

Das Szenario war dermaßen erschreckend, dass Zoe schließlich aufhörte zu lesen. Sie musste das Gelesene erst verdauen. François kam wieder herein.

„Du bist ja ganz blass", sagte er überrascht.

„Sieh dir das an", meinte Zoe und zeigte auf den Bildschirm. François warf einen kurzen Blick auf den Schirm.

„Ich weiß", sagte er knapp. „Damit hoffe ich Milliardär zu werden. Um die vielen Prozesse steuern zu können, werden meine holografischen Barcodes gebraucht."

Zoe wollte etwas sagen, doch dann blieb sie einfach stumm.

Vereinigte Arabische Emirate, Dubai, 15. Mai

Richard griff zum Hörer, während sich die Maschine allmählich in den Sinkflug begab.

„Hallo Richard", meldete sich Francine. „Die Briefkastenfirma ist nicht ganz so geheim, wie man denken könnte. Wahrscheinlich sollte sie es sein, aber da sie noch in Gründung ist, kann man die Spuren leicht verfolgen."

„Und wer steckt dahinter?"

„Eine Privatperson, Astor McNeal, ein Ire mit argentinischen Wurzeln. Kennst du ihn?"

„Astor McNeal? Machst du Witze? Er ist einer der Trendsetter in der City."

Mit der „City" war das Londoner Finanzviertel gemeint. Es war aufgrund der Liberalisierungsschritte unter Margret Thatcher für die Bereiche Investmentbanking und Devisenhandel zum bedeutendsten Finanzplatz der Welt geworden.

„Soll ich noch weitere Nachforschungen anstellen?", fragte Francine.

„Nein. Ich rufe Astor selbst an."

Richard legte auf und rief das Büro von McNeal an. Kurz darauf hatte er den Finanzspezialisten selbst am Apparat.

„Guten Morgen, Astor", begrüßte er den Kollegen.

„Richard. Wir haben seit Ewigkeiten nichts mehr voneinander gehört."

„Dann ist heute ein guter Tag dafür. Ich habe bemerkt, dass du eine untypische Strategie gewählt hast."

„Deine Software ist einfach die beste", meinte Astor anerkennend. „Kaum habe ich einen Cent ausgegeben, steht es schon groß auf deinem Bildschirm."

„Es waren wohl ein paar mehr Cent. Warum kaufst du Rubel?"

„Hast du von dem Meteoriten gehört?", fragte Astor.

„Meteoriten? Was hat das denn damit zu tun?"

„Die UNO hat begonnen, verschiedene Krisenzentren einzurichten. Man geht wohl von einer Katastrophe aus. Wie ein Krieg."

„Hört sich nicht gut an."

„So wie ich es verstehe, sind die NASA und die EASA schon an verschiedenen Lösungsoptionen."

„Dann wird also viel staatliches Geld in Abwehrmaßnahmen fließen."

„Genau."

Richard überlegte einen Augenblick.

„Du meinst richtig viel Geld, nicht wahr?"

„Richtig viel, mehr als wir verkraften können. Verstehst du?"

„Total Break Down", flüsterte Richard.

Damit hatten einige Außenseiter aus der Finanzszene in den siebziger Jahren des zwanzigsten Jahrhunderts apokalyptische Bilder vom Zusammenbruch des Finanzsystems gemalt.

Richard räusperte sich.

„Glaubst du das ernsthaft?"

„Ich glaube, dass die anderen das glauben werden."

Astor nahm damit Bezug auf eine der zentralen Grundsätze des Finanzmarktes.: Kursdaten wurden nicht nur durch harte Wirtschaftsdaten getrieben, sondern vor allem durch die Interpretationen der Käufer. Die sogenannte „Internetblase" am Ende des zwanzigsten Jahrhunderts war zustande gekommen, weil viele Käufer an endlose Wachstumsraten des Internets geglaubt hatten. Deswegen waren große IT-Unternehmen finanziell vollkommen überbewertet worden. Diese Überbewertung hatte den kleinen Unternehmen an der Börse dann einen noch stärkeren

Vertrauensvorschuss verschafft und die Kurse waren weiter gestiegen.

„Ich bin im Landeanflug und muss auflegen", unterbrach Richard das Telefonat. „Lass uns in Kontakt bleiben."

Er legte auf und ließ sich das Gespräch noch einmal durch den Kopf gehen. Astor glaubte an eine Überforderung des Finanzsystems durch die hohen staatlichen Ausgaben, die die Meteoritenabwehr erforderlich machen würde. Wenn Zweifel an der Stabilität des Systems entstanden, dann würden, wie in solchen Fällen immer, die USA als Hafen des Vertrauens gewinnen. Der Dollarkurs dürfte steigen. Den höchsten Gewinn würde man dabei machen, wenn man Dollar für eine Währung im Abwärtstrend kaufte, also in diesem Moment für Rubel.

Aber Richard konnte sich nicht vorstellen, dass die Meteoritenabwehr wirklich so viel Geld kosten würde. Und was sollte das überhaupt bedeuten, dass das Finanzsystem auseinanderbrechen würde? Niemand konnte doch ernsthaft an den Ausstieg aus dem abgestimmten elektronischen Handel denken. Das wäre ein Rückfall in die Tauschwirtschaft. Dieses Szenario erschien Richard vollkommen absurd. Allerdings hatte er gerade im Devisenhandel schon einige absurde Dinge erlebt.

Er musste daran denken, dass das weltweite Finanzsystem durch eine Vielzahl an aufeinander abgestimmten Netzen gegen starke Schwankungen gesichert war. Elektronische Sperren verhinderten auch unkontrolliert starke Schwankungen der Wechselkurse. Niemand hatte bisher allerdings ernsthaft einen echten Absturz in Betracht gezogen.

Falls das riesige Handelsdefizit der USA nicht mehr von anderen Ländern finanziert werden würde, könnte ein solcher Kollaps eintreten. Während der Finanzkrise 2008 und 2009 sah es danach aus. Die Vereinigten Staaten kauften seit vielen Jahrzehnten mehr Güter ein, als sie Kaufkraft zur Verfügung hatten. Dies taten sie durch das Aufnehmen von Krediten.

Wer gewährte ihnen diese Kredite, überlegte Richard, wenn andere Länder kein Geld mehr zur Verfügung stellen wollten oder konnten? Im Moment liehen sie es dem amerikanischen Staat und seinen Unternehmen, weil die USA ihnen recht hohe Zinsen zahlte und einen stabilen Wechselkurs bot. Wenn jedoch die USA nicht mehr würden garantieren können, dass das Geld zurückgezahlt wird, etwa weil das gesamte Geld in militärische Maßnahmen fließen würde, dann dürfte kaum ein Mensch sein Geld den USA leihen wollen. Der darauf einsetzende Verfall des Wechselkurses würde den Effekt beschleunigen und Amerika eine Nation ohne Finanzmittel werden.

Am nächsten Morgen wachte Richard früh durch die gleißende Sonne in seinem Hotel in Dubai auf. Rasch öffnete er sein Notebook und rief sein Finanzcockpit auf. Die Kurven fielen senkrecht nach unten. Sämtliche Frühindikatoren zeigten auf „Verkaufen". Der russische Rubel stand ebenso wie alle anderen Währungen unter Druck. Die Tendenz war unübersehbar: Der Dollar gewann entgegen aller wirtschaftlichen Fundamentaldaten. Es erinnerte ihn an Kriegsspekulationen oder ähnliche Ereignisse. Aber Richard glaubte an GRITA und das Katastrophenszenario. So eine groß angelegte Aktion konnte nicht lange im Dunkeln bleiben. Wenn GRITA und er von den Meteoriten etwas erfahren hatten, dann dürfte es auch andere geben.

Noch am gleichen Nachmittag platzte die Bombe. Mehrere Internetsender berichteten, dass die UN mit einer gigantischen Katastrophe rechneten, die durch einen Meteoritenschwarm ausgelöst werden würde. In der gleichen Sekunde stieg der Wert des Dollars um fünf Prozent. Richard war wieder einige Millionen reicher geworden. Aber er konnte sich nicht darüber freuen.

Bald würde das ganze Ausmaß der Katastrophe bekannt werden und ein größeres Chaos ausbrechen. Daher entschied er sich, wie geplant sein Geld in wertbeständigen Dingen anzulegen: Immobilien, Sojafeldern und Erzminen. Er war sich allerdings nicht sicher, ob im Krisenfall nicht alles konfisziert werden würde.

Am Abend kam dann ein Anruf, der alles veränderte. Eine freundliche Frauenstimme verband ihn mit dem Präsidenten der Weltbank, Li McNamara.

„Hallo Richard. Ich hoffe, es geht Ihnen gut. Wir haben uns nur ein einziges Mal persönlich kennengelernt. Trotzdem muss ich leider gleich zur Sache kommen. Wir erwarten einen kompletten Zusammenbruch der wichtigsten Währungen."

Richard nickte innerlich.

„Ich bin über die Ereignisse im Bilde."

„Der Apophis-Schwarm wird erforderlich machen, dass Menschen ohne monetäre Gegenleistung an der Verteidigung unserer Zivilisation arbeiten. Kein Staatshaushalt wird die Belastung aushalten. Unser Ziel ist es, den finanziellen Zusammenbruch planbar zu machen. Wir möchten Sie gerne in unserem Krisenstab haben. Die Details für Ihre Reise nach London haben Sie in Ihrem Mailfach."

Richard legte auf. Sein Mailprogramm meldete neue Post. Was würde es wohl bedeuten, wenn die Scheine in seinem Geldbeutel wertlos wären? Eigenartige Vorstellung.

Aber das eigentliche Problem war der elektronische Zahlungsverkehr, dachte er. Die Zahlen auf seinem Konto wären wertlos. Seine Kreditkarten, seine Schecks – niemand würde dafür mehr Waren herausgeben. Stand ein Rückfall in die Tauschwirtschaft bevor? Damit würde auch das Ende der Dienstleistungsgesellschaft eingeläutet werden. Denn dafür benötigte man abstrakte Zahlungsmittel. Überhaupt die Firmen: Sie besaßen normalerweise keine Tauschgüter. Wie sollte das Arbeitsleben weitergehen?

Es war einfach unvorstellbar. Brady schüttelte den Kopf.

Frankreich, Marseille, 16. Mai

Auf den Straßen in Marseille sah man gehetzte Gesichter, Panik in den Augen. Die Demonstration war völlig außer Kontrolle geraten. Die Polizei begann wild auf die Teilnehmer einzuprügeln und mit Gasgranaten zu schießen. Sie hatten versucht die Präfektur zu stürmen. Dort gab es Waffen. Es war eine Mischung aus Endzeitstimmung und Wut. Gerade hier, wo viele Migranten für ihre Kinder ein gutes Leben aufzubauen versuchten, hatte die Nachricht vom vermeintlichen Ende der Welt das Leben zeitweise zum Erliegen gebracht.

Zoe ignorierte das alles. Sie hatte ihren eigenen Plan und ihre eigene Art, mit der Katastrophe umzugehen. Rasch entfernte sie sich von der Menschenansammlung, in die sie bei der Ankunft am Bahnhof geraten war.

Nicolas wartete auf sie in einem Café. Sie hatte ein attraktives Outfit mit kurzem Rock und Ausschnitt gewählt. Das war für Nicolas nicht notwendig, trotzdem wollte sie sicher sein, dass alles glatt lief.

Sie arbeitete wie immer zielgerichtet an ihren Plänen. Trotz der Meteoriten hielt sie unverändert an ihrem Ziel fest: Sie wollte ein Baby. Die drohende Apokalypse hatte bei Zoe den Wunsch nach einem Kind noch stärker werden lassen. Sie wollte ein Kind – und wenn die Zeugung das Letzte war, was sie vor der totalen Zerstörung tun würde. Moralisch war das ein fragwürdiger Plan, aber im Augenblick war Moral etwas Zweitrangiges für sie. Zoe wollte aufs Land und dort ein Kind bei ihrer Familie bekommen. Keine Projekte mehr, kein Stress, den Untergang ausblenden.

Einen möglichen Vater gab es gerade nicht in ihrem Leben, also griff sie auf ihre alten Bekannten zurück. Sie hatte gerade ihre fruchtbaren Tage. Zur Sicherheit hatte sie auch ein Präparat zur Erhöhung der Schwangerschaftsrate genommen.

„Du siehst fantastisch aus", sagte Nicolas.

„Dabei bin ich gerade durch einen Menge durchgedrehter Chaoten gelaufen."

„In Marseille ist von nichts anderem mehr die Rede. Die Maghrebien sind vollkommen hilflos und rasten aus. Ich glaube, ihnen fehlt der Kontakt zu ihrer Heimat. Außerdem treffen die Preiserhöhungen sie besonders hart."

„Lass uns zu dir gehen", drängte Zoe. „Mir ist unheimlich auf der Straße."

Nicolas nickte. Einige Minuten später waren sie in seiner Wohnung in La Panier und Zoe verlor keine Zeit. Sie zog ihn am Kragen ins Schlafzimmer, knöpfte sein Hemd auf und warf ihn aufs Bett. Nicolas war überrascht, dachte dann aber nicht weiter nach.

Als Samenspender ist er genau der richtige, dachte Zoe, als sie im Bett lagen.

„Davon habe ich jetzt schon eine ganze Weile geträumt", sagte Nicolas, nachdem sie sich geliebt hatten.

„Ich plane eine Auszeit", sagte Zoe trocken.

„Das ist nicht dein Ernst! Du kriegst doch sofort Entzugserscheinungen."

Sie lachte.

„Vielleicht. Aber nach den Nachrichten über Apophis kann ich nicht einfach so weitermachen."

„Ach was. Bald stellt sich heraus, dass alles völlig übertrieben ist. Und dann?"

„Kann sein. Aber selbst wenn nicht alles zerstört wird – das Leben, das wir kennen, wird es erst einmal nicht mehr geben. Erinnerst du dich an die Zeit nach dem elften September? Erst gab es diese Phase der Lähmung. Niemand wusste, wie es weitergehen würde. Bricht ein neuer Weltkrieg aus? Oder werden die USA in ihrer Position so geschwächt, dass sie nicht mehr weiter machen können? Es wurde nie wieder wie früher. Alles kümmerte sich nur noch um das Thema Sicherheit."

„Und jetzt gibt es nur noch Weltraum-forschung?"

„Ich glaube schon. Das gesamte Geld wird dorthin fließen, niemand interessiert sich mehr für Klimaschutz oder die Armut in Afrika."

Zoe stand auf. Ihre Nacktheit ließ sie verletzlich erscheinen.

„Das ist doch kein Leben", fuhr sie fort. „Ich genieße die Zeit, die ich noch habe. Jetzt kaufe ich mir noch ein paar Schuhe, feste Schuhe fürs Land, und dann verschwinde ich."

„Ich komme dich vielleicht besuchen", sagte Nicolas augenzwinkernd.

Als Zoe später alleine in einem Café saß, las sie in der Zeitung, dass Forderungen der UN nach einem Rettungsfonds bekannt geworden waren, der so hoch war, dass niemand wusste, wie diese Summe aufzubringen sein könnte. Sie entsprach einer vielfachen Wirtschaftsleistung der Welt. Das bedeutete, dass für das alltägliche Leben kein Geld mehr blieb.

Die Preise stiegen seit drei Tagen sprunghaft an. Viele bezogen das auf die Katastrophenmeldungen. Die eigentliche Ursache war jedoch der Dollar. Er stieg unaufhaltsam und hatte seinen Wert gegenüber Euro und Yen beinahe verdoppelt. Die Einfuhrpreise der Waren stiegen daher stark an. Obwohl Europa recht viel innerhalb der EU handelte und daher nicht so stark vom Dollarkurs abhing, machte sich der hohe Dollar bei Grundstoffen wie Öl, Gas, Erzen und Sojaprodukten bemerkbar. Erste Unternehmen hatten durch die Wechselkursschwankungen bereits Probleme, ihre Umsatz- und Gewinnprognosen einzuhalten. Die Gewinnwarnungen führten zu Aktienabstürzen an der Börse.

Zoe bezahlte ihren Kaffee, der inzwischen doppelt so teuer geworden war, da Kaffeebohnen ein wertvolles Importprodukt waren. Dann lief sie durch die Seitenstraßen an der La Canebière. Einige Modeläden hatten bereits geschlossen. Auch darüber hatte sie in der Zeitung gelesen: Die Zahlung mit Kreditkarten wurde aufgrund der hohen Inflation nicht mehr gerne angenommen und viele Kunden hatten sich noch nicht auf hohe Bargeldbeträge umgestellt. Die Luxusindustrie litt darunter besonders stark.

Der Schuhladen, den Zoe im Sinn hatte, war jedoch geöffnet. Es war sogar schon recht viel los. Sie überlegte nicht lange und griff nach dem ersten Paar fester Schuhe in ihrer Größe. Sie bezahlte einen absurd hohen Betrag in bar und ging zum

Bahnhof. Da die Bahn in Frankreich staatlichen Regularien unterlag, waren die Preise bisher nicht erhöht worden und sogar das Zahlen mit Kreditkarte war noch möglich. Sie kaufte eine Fahrkarte nach Montpellier. Ihr Vater würde sie vom Bahnhof abholen.

Als der Zug seine Reisegeschwindigkeit erreicht hatte, hatte sie kurz das Gefühl, alles wäre wie immer, und nickte ein.

Deutsche Eifel, 16. Mai

Norman versuchte schon seit geraumer Zeit, seine Krawatte zu binden.

„Wie kann man nur mit seiner Krawatte beschäftigt sein, wenn die Welt untergeht?", fragte er sich.

Herr Bittner hatte ihn gestern nach der Sitzung gebeten, am nächsten Tag zu einem Lagebericht nach Berlin zu fliegen, um die Situation im Kanzleramt zu schildern.

„Sie werden abgeholt", hatte der Beamte noch gemeint.

Vor einer Stunde hatte Norman einen Anruf bekommen, mit dem eine Limousine angekündigt wurde. Verzweifelt versuchte er seitdem, sich an den Knoten zu erinnern. Seit seiner Promotion, die er mit Auszeichnung abgeschlossen hatte, hatte Norman keine Krawatte mehr getragen. Das war vor drei Jahren gewesen. Damals hatte er sich von seinem Mitbewohner die Krawatte binden lassen. Nun konnte er sich natürlich nicht mehr an den Knoten erinnern.

Als er auf die Uhr sah, warf er die Krawatte säuerlich zu seinen Sachen. Hektisch stopfte er alles, was er brauchte, in seine Sporttasche – die einzige Tasche, die er hatte – und lief eilig die Treppe hinunter zur Haustür. Der Chauffeur nahm ihm die Tasche ab und schob ihn freundlich aber bestimmt auf den Rücksitz. Norman blieb der Mund offen stehen.

Mit einem VIP-Ticket lief er an den anderen Passagieren vorbei und stieg in eine Frühmaschine der Lufthansa ein. Am Berliner Flughafen suchte er einen Waschraum, um nun endlich seine Krawatte zu binden. Mithilfe einer Anleitung, die er sich in einem der Zeitschriftenläden am Flughafen gekauft hatte, bekam er es schließlich hin.

Kaum hatte er den Sicherheitsbereich verlassen, sah er seinen Namen auf einem Schild. Der nächste Chauffeur fuhr ihn direkt zum Kanzleramt, in eine Tiefgarage. Der Fahrer meldete ihn an und brachte ihn zu einem Fahrstuhl. Als Norman aus dem Fahrstuhl trat, wartete eine charmante junge Frau auf ihn.

„Dr. Norman Becker?", fragte sie.

Norman nickte.

„Bitte folgen Sie mir. Sie werden erwartet."

Er trat in einen Raum, der vor allen Dingen aus einem riesigen Mahagonitisch zu bestehen schien. Vier Personen standen am Fenster und sprachen leise miteinander. Als sie die Tür hörten, drehten sie sich um. Herr Bittner kam auf ihn zu.

„Bitte, setzen sie sich und fangen wir gleich an", sagte er zu Norman.

Alle setzten sich an den riesigen Tisch. Man saß so weit auseinander, dass man sich keinen Zucker hätte reichen können. Für ein Tribunal wäre es genau der richtige Tisch.

„Wenn Sie sich jeweils kurz vorstellen würden", sagte Herr Bittner und betonte das Wort „kurz".

„Mein Name ist Martin Reufuss", begann ein hagerer Mann, der kaum Haare hatte und den Norman auf etwa sechzig Jahre schätzte. „Ich bin zuständig für Sonderfonds bei Katastrophen."

Dann nickte er seiner Nachbarin zu.

„Martina Ellis, Planung und Steuerung im Katastrophenfall bei der Bundeswehr."

„Dieter Jungheinrich, Staatssekretär im Kanzleramt."

Herr Jungheinrich übernahm auch sofort die Gesprächsführung.

„Guten Tag Herr Dr. Becker. Zunächst muss ich Ihnen aus formalen Gründen mitteilen, dass alle folgenden Informationen die nationale Sicherheit betreffen und folglich höchster Geheimhaltung unterliegen. Herr Bittner hat uns mitgeteilt, dass Sie eine ernsthafte Bedrohung der Staatssicherheit für wahrscheinlich halten. Wir haben inzwischen Kontakt mit internationalen Sicherheitsorganen aufgenommen und müssen ihre Einschätzung leider bestätigen."

Die Beteiligten sahen sich alle an. Es hing in der Luft, dass sich das Leben auf der Erde in den kommenden Jahren radikal verändern würde.

„Es wurde seitens der UNO beschlossen", fuhr Jungheinrich fort, „ein internationales Krisenkomitee aufzustellen. Die Experten werden unter höchsten Sicherheitsvorkehrungen an drei verteilten Standorten arbeiten. Wir erwarten größere Panikreaktionen in der Zivilbevölkerung. Möglicherweise werden auch atmosphärische Verwerfungen eintreten, da die Sonnenaktivität durch den Meteoritenschwarm schon früher beeinflusst werden kann. Daher werden die Teams in Europa, Asien und Amerika in Hochsicherheitsbunkern untergebracht. Sie, Herr Dr. Becker, werden im norwegischen Bunker untergebracht. Er wurde bisher zur Erhaltung des genetischen Samenguts verwendet und befindet sich in Spitzbergen."

„Moment mal", sagte Norman, der nun allmählich aus seiner Erstarrung erwachte. „Ich habe nicht die geringste Lust, meine letzten drei Lebensjahre in einem Bunker unter der Erde zu verbringen. Außerdem gibt es doch genügend sogenannte Experten auf der Welt, die sich darum reißen würden, bei so einer Aktion mitzumachen."

Die Dame vom Militär räusperte sich.

„Die Regierung hat die Bedrohung als ernsthaft eingestuft", sagte sie mit betont leiser Stimme. „Verschiedene Personen wurden daher mit Kompetenzen ausgestattet, die im Ausnahmezustand üblich sind. Grundrechte wie freie Ortswahl oder Vergleichbares können außer Kraft gesetzt werden. Wenn Sie unserer Aufforderung nicht nachkommen, werden Sie zwangsweise in das Team gebracht. Aber ich bin sicher, das wird nicht notwendig sein."

Norman sah im Geiste Rauch aus seinen Nasenlöchern stieben. Das Gefühl höchster Wertschätzung, dass er eben noch empfunden hatte, war schlagartig verschwunden und gegen das Gefühl ausgetauscht worden, ein Gefangener zu sein.

Dieses Gefühl verließ ihn auch nicht während des Flugs erster Klasse in den äußersten Norden Europas. Ein Offroad-Fahrzeug mit militärischem Anstrich brachte ihn anschließend auf einer einsamen Straße zu einem gigantischen Komplex. Norman stieg mit seinen Begleitern aus und stand vor einer massiven Wand aus Stahl.

Die riesigen Stahltüren öffneten sich, ohne das geringste Geräusch von sich zu geben. Norman fror in der eisigen Kälte in Nord-Norwegen. Sie standen mitten im Nirgendwo hinter Spitzbergen. Ein Duzend Sicherheitsbeamte wartete an den Prüfschleusen. Er wurde gescannt und erhielt schließlich einen speziellen Ausweis, der ihn mit Pin-Code und Stimmerkennung durch eine der Stahltüren ließ. Nicht, dass Norman freiwillig durch diese Türen gehen wollte. Seine kräftige Begleitung schüchterte ihn allerdings ziemlich ein und er kam keine Sekunde auf den Gedanken, jetzt Widerstand zu leisten.

Sie liefen durch einen etwa hundert Meter langen Gang, der in einen Granitfelsen gehauen war. Ursprünglich war dieses Lager dafür gedacht, die genetische Vielfalt an Pflanzen zu lagern. Doch das Saatgut nahm nur wenig Platz ein. Der riesige

Raum wurde schon bald militärisch genutzt. Hochmoderne Büros konnten hier atombomben- und temperatursicher untergebracht werden. Und das gelagerte Saatgut war im Notfall auch zur Aufzucht von Nahrungsmitteln verwendbar.

Norman wurde in einen Besprechungsraum gebracht. Um ihn herum war geschäftiges Treiben zu hören. Stimmen murmelten und Tastaturen klapperten. Schließlich kamen ein Mann und eine Frau zur Tür herein. Die junge Frau trat auf ihn zu.

„Herzlich willkommen in Sigma 3", begrüßte sie ihn und stellte sich vor: „Ich bin Ava Anderson und die Leiterin des Analyseteams."

„Mein Name ist Mischa Levin und ich bin für die Szenarienentwicklung zuständig", ergänzte der Herr mit dem grau melierten Haar.
„Wahrscheinlich sind Sie nicht ganz freiwillig hier, wie wir alle. Dennoch freuen wir uns, Ihre Bekanntschaft zu machen. Sie haben Apophis als Erster entdeckt und sind hier eine echte Berühmtheit."

„Ich habe wirklich keine Lust, meine letzten Jahre hier im Dunkeln zu verbringen. Was für einen Unsinn macht denn dieses Sigma 3 genau?"

„Sigma 3 ist eines der drei zentralen Informations-Hubs, die weltweit aktiv sind", sagte die blonde Frau. „Jedes Sigma ist ein unabhängiges und militärisch abgeschottetes Zentrum. In wenigen Stunden wird die Nachrichtensperre komplett aufgehoben. Dann rechnen alle mit großer Panik. Wir werden hier dennoch in aller Ruhe weiterarbeiten können."

„Toll", sagte Norman zynisch.

„Es kann gut sein, dass wir den großen Knall nicht überleben werden", meinte Mischa Levin. „Aber es sieht so aus, als könnten wir die große Katastrophe in eine kleine umwandeln."

„Was heißt das?"

„Durch eine Vielzahl einzelner Maßnahmen können wir recht viele Meteoriten aus dem Apophis-Schwarm umleiten. Dann werden viel weniger Meteoriten in der Atmosphäre einschlagen und die Auswirkungen bleiben hoffentlich auf wenige Zentren beschränkt."

„Also nur einige hundert Millionen Tote", meinte Norman.

„Wir versuchen einfach unser Bestes", sagte Levin. „Wenn Sie uns helfen, können es vielleicht noch ein paar hundert Millionen weniger werden. Ich erkläre vielleicht mal kurz, wie wir uns organisiert haben: Wir haben eine offene Teamstruktur gewählt und kompetenzzentrierte Rollen gebildet. Sie können an den Themen arbeiten, die Sie für wichtig halten. Wählen Sie einfach selbst aus. Wenn Sie möchten, können Sie auch Aufgaben koordinieren oder Teams leiten.

Uns geht es allen nicht besonders gut hier unten. Deswegen wollen wir, dass die Arbeit möglichst viel Spaß macht. Überlegen Sie sich also, was Sie machen wollen. Ava wird Sie jetzt zu Ihrem Zimmer bringen. Bitte teilen Sie uns noch heute mit, wie Sie eingesetzt werden möchten."

Das Meeting war beendet. Ava Anderson führte Norman durch verwinkelte Gänge und hielt schließlich vor einer Tür mit der Bezeichnung „Theta 4.8". Das Zimmer war sehr klein und bestand eigentlich nur aus einem Bett und einem winzigen Schrank.

„Wir haben leider nur wenig Privatsphäre", meinte Ava entschuldigend. „Dort drüben geht es zu den Büros und dem Forschungstrakt. Sie finden mich hinter der zweiten Tür rechts. Bis nachher."

Norman war immer noch stinksauer, aber er hatte sich entschlossen, das Beste aus der Situation zu machen. „Immerhin sind drei Jahre eine lange Zeit", dachte er. „Ohne Beschäftigung würde mir ziemlich langweilig werden."

In seinem kleinen Zimmerchen war es langweilig. Also beschloss er, Ava einen Vorschlag für sein Arbeitsgebiet zu machen. Er ging in den Gang in Richtung der Büros und trat in das Zimmer, das sie ihm genannt hatte.

„Ich würde gerne etwas in der astronomischen Beobachtung machen", platzte er heraus. „Immerhin ist es das, was mich bisher am meisten beschäftigt hat. Klappt das?"

„Warum nicht?", meinte Ava. „Am besten stelle ich dich dann der Kollegin vor, die das Team leitet."

Sie stand auf und ging in das Büro schräg gegenüber.

„Das ist Shirin Gringa, die Teamleiterin des Beobachtungsteams."

Norman und Shirin schüttelten sich die Hände.

„Norman interessiert sich für dein Team."

„Sehr schön, wir können Verstärkung gebrauchen. Am besten, wir holen uns einen Kaffee und besprechen alles."

Shirin wirkte sehr zugewandt und freundlich. Außerdem sah sie gut aus. Das machte die Sache für Norman einfacher. Sie begleitete ihn zu einem der Kaffeeautomaten.

„In Europa hat sich der Kaffeepreis schon verdoppelt. Mal sehen, wie lange wir noch von unseren Vorräten zehren können. Was interessiert dich denn besonders?"

„Bestimmt gibt es noch keine vollständige Kartografie der Meteoriten. Damit würde ich mich gerne beschäftigen."

„Gut. Dein Schwerpunkt könnte dabei im Feld der Materialbeschreibung liegen. Dort wissen wir noch sehr wenig und es ist eines der zentralen

Elemente für eine Verteidigungsstrategie. Wir
haben hier Zugriff auf modernste Spektralteleskope
in der Satellitenlaufbahn. Sie liefern beinahe
störungsfreie Bilder von Apophis."

Shirin nahm ihre Kaffeetasse und führte
Norman in den Laborbereich.

„Über diesen Arbeitsplatz kannst du die
Teleskope ansteuern. In deinem Notebook sollte
der Zugriff auf unterschiedliche Analysesoftware
eingerichtet sein. Wenn etwas fehlt, sag mir
Bescheid. Wir treffen uns jeden Abend zu einem
kurzen Flashlight im Team, um den aktuellen Stand
auszutauschen."

Über einen Stimmenmodulator bekam Norman
die Rechtefreigabe für das System. Dann ließ ihn
Shirin alleine.

Norman rief das zentrale optische System auf.
Apophis wirkte auf dem Bildschirm klein und
unscheinbar. Aber der Schwarm war auch noch
weit entfernt. Über zwei Jahre würde es dauern, bis
er die Erde erreichen würde.

Über die Aktivierung verschiedener
Dopplerfrequenzmodule und die Parallelschaltung
mehrerer Teleskope erhöhte Norman die
Auflösung so weit, dass er die einzelnen
Himmelskörper in Bildschirmgröße sehen konnte.
Maßstabsgerecht wurden Menschen auf den

Bildschirm projiziert. Sie wirkten gegen die großen Steinmassen sehr klein.

Er hatte früher bereits einen Schwarm beobachtet. Um nicht durcheinander zu kommen, hatte er sich eine Software programmiert, die einzelne Meteoriten markieren und Bilder von Comicfiguren darauf abbilden konnte. Er installierte sie direkt von seiner SD-Karte.

USA, New York, 24. Mai

Richard hatte sich inzwischen ein kleines Dashboard mit Frühindikatoren zusammengestellt. Neben Standarddaten wie Inflation oder Devisenkursen hatte er sich einige mathematische Kurven übereinander gelegt. Dieses Verfahren hatte er dem Ichimoku-Kinko-Hyo-Indikator entlehnt, bei dem eine Vielzahl von Einzelinformationen geschickt in einem einzigen Chart zusammengefasst wurden.

Das Diagramm sprach eine klare Sprache: Entgegen aller Fundamentaldaten der Weltwirtschaft gab es einen nachhaltigen Anstieg des Dollars. Im Gegensatz zu früheren Höhenflügen, bei denen man für einen Euro bis zu zwei Dollar bekam, erhielt man nun lediglich fünfzig US-Cent. Die Geschwindigkeit, mit der sich die Trendumkehr abspielte, war ungewöhnlich hoch. Aber daran verdiente man genauso gut oder schlecht wie in jeder anderen Situation, sofern man geschickt agierte.

Der rapide Verfall an den Bondmärkten, an denen Staats- und Unternehmensanleihen gehandelt wurden, war in einer ebenso dramatischen Phase. Niemand wollte mehr Staatsanleihen außerhalb der USA kaufen, da die Situation in den anderen Staaten nicht mehr als solide angesehen wurde. Man erwartete eine starke Inflation. Aber auch hier konnte der Broker in aller Ruhe auf fallende Zinsen setzen und dabei zuschauen, wie sein Konto immer weiter gefüllt wurde. Die Analysten waren sich einig: turbulente Zeiten, aber gut fürs Geschäft.

Je länger Richard auf die Charts sah, desto mehr wurde ihm klar, dass es hinter den Zahlen eine Wirklichkeit gab, die er bisher einfach ignoriert hatte. Der starke Währungsverfall sorgte für eine sehr hohe Inflationsrate. Also würde Geld immer weniger wert werden. Die Cafés, die Theater und Konzertsäle würden leer bleiben. Das arme Drittel der europäischen Bevölkerung würde bald vom Geldkreislauf abgeschnitten werden und vielleicht sogar über Warengutscheine einkaufen müssen. Damit waren soziale Unruhen vorprogrammiert.

Der große Schlag stand jedoch noch aus, dachte Richard.

Er stieg in das Flugzeug nach Washington, D. C.. Dort fand die konstituierende Sitzung des Krisenrats der Weltbank statt. Und dort würde der Zusammenbruch der Staatsfinanzen geplant werden.

Gab es jemanden, der die Folgen dieses Projekts überhaupt abschätzen konnte? Richard schüttelte den Kopf, während die Maschine in den Nachthimmel abhob. Dann schloss er die Augen für einen kurzen Schlaf und träumte von einer Welt, die es bald nicht mehr geben würde – einer Welt, in der es noch genügend Geld gab.

Nach der Landung in Washington wurde Brady am Flughafen abgeholt und direkt zum Gebäude der Weltbank gefahren. Li McNamara begrüßte Richard mit einem festen Handschlag und führte ihn direkt in eines der Konferenzzimmer. Dort saßen zehn Personen. Zwei Plätze waren frei. McNamara führte ihn zu einem der verbliebenen Plätze und nahm selbst den anderen Stuhl.

„Meine Damen und Herren", eröffnete er das Meeting, „wir sind vollständig. Warum sind wir hier? Die Abwehrmaßnahmen gegen den Apophis-Schwarm sind so teuer, dass die Staatshaushalte zusammenbrechen werden. Die Frühindikatoren einiger Staaten sprechen bereits eine deutliche Sprache. Das Szenario in den anderen Staaten wird lediglich zeitversetzt die gleiche Richtung nehmen. Einige von Ihnen fühlen sich vielleicht an die Bankenkrise von 2008 erinnert oder sogar an die große Weltwirtschaftskrise von 1930. Aber diesmal reden wir von etwas ganz anderem: dem sicheren Zusammenbruch des Systems."

Betretenes Schweigen. McNamara fuhr fort: „Alle Währungen der Welt werden in wenigen Monaten vollkommen wertlos sein. Die Zahlen auf den Bankkonten werden nichts mehr bedeuten, weil man sich dafür nichts kaufen kann. Die Staaten werden auf die Krise mit einer Reihe von Maßnahmen reagieren, die zu einer totalen Geldentwertung in kürzester Zeit führen. Ziel dieser Runde ist es, den kontrollierten Zusammenbruchs der Währungswirtschaft zu planen. Wie können wir ohne Geld eine möglichst gut funktionierende Weltwirtschaft sicherstellen?"

Er schaute in die Runde. „Nach meiner kleinen Einleitung gehe ich davon aus, dass Sie alle bis zur Erarbeitung eines konstruktiven Vorschlags hier bleiben. Ihre Arbeitsweise ist nicht festgelegt. Ich erwarte ihre Vorschläge."

McNamara setzte sich. Am Tisch herrschte völlige Stille. Jeder einzelne der Devisenexperten konnte sonst am laufenden Band sprechen, und zwar parallel in mehrere Telefone. Aber die Ungeheuerlichkeit der Aufgabe verschlug den Anwesenden den Atem.

Schließlich meldete sich Mary Rockefeller, eine entfernte Verwandte des berühmten Milliardärs, zu Wort.

„Am besten, wir teilen uns in kleine Gruppen auf und diskutieren erst einmal."

Die anderen nickten und taten sich in Gruppen zu je drei Personen zusammen. Brady setzte sich zu zwei Männern, deren Namen und Gesichter er lediglich aus der Zeitung kannte, die ihm aber sympathisch waren. Er stellte sich kurz vor.

„Nils Plochnitz", erwiderte der ältere Herr mit grauen Haaren.

Plochnitz war eine Legende und so etwas wie die graue Eminenz des Devisenhandels.

„Jeremias Rasputin", ergänzte der Herr mit dem Spitzbart.

Rasputin war ein markanter Vertreter einer stärker an der Planwirtschaft ausgerichteten Ökonomie.

„Was sollen wir eigentlich planen?", begann Richard. „Eine Wirtschaft ohne Geld? Das kann man nicht planen. Die einzige Form, die es bisher in der Geschichte gab, ist die Ausgabe von Warengutscheinen. Alles andere ist doch einfacher Tauschhandel."

„Das kommt für uns doch gar nicht infrage", meinte Plochnitz. „Warengutscheine sind nur in Übergangssituationen eingesetzt worden, etwa während der großen Weltwirtschaftskrise in den 1930er-Jahren. Dabei hat das Währungsgefüge weltweit aber funktioniert. Die Gutscheine waren eine kleine Insellösung, nicht mehr. Hier haben wir es jedoch mit einem Zusammenbruch aller Währungen zu tun, insbesondere der Leitwährungen. Auf welcher Basis sollen denn die Gutscheine funktionieren?"

„Aber wieso denn nicht?", fragte Jeremias Rasputin, der Dritte in der Gruppe. „Ich habe den Ostblock gekannt. Unsere Währungen hinter dem Eisernen Vorhang waren nichts anderes als Warengutscheine. Sie haben keinem realen Wert entsprochen. Die reale Währung wird einfach durch staatliche Zuteilungen ersetzt. Basis dafür ist eine Planwirtschaft."

Plochnitz schnaubte, als er das Wort Planwirtschaft hörte.

„Ach Jeremias, wir brauchen doch gerade jetzt kein ineffizientes System, in dem die Menschen auch noch ihre Motivation verlieren."

„Meine Sorge wäre eher, dass eine Wirtschaft auf Tauschbasis schnell in eine viel einfachere Entwicklungsstufe zurückfallen wird", meinte Richard. „Vermutlich werden sich die Menschen immer weniger für abstrakte Dienstleistungen interessieren. Wer braucht schon Devisenmakler oder Marketingexperten in der Planwirtschaft?"

„Aber genau dort liegt doch ein riesiges Potenzial", sagte Plochnitz. „Eigentlich ist das in unserer jetzigen Situation keine produktive Arbeit mehr. Wir brauchen Menschen, die Werte erzeugen, die den verfallenden Währungen gegenüberstehen. Für mich ist der Zusammenbruch überhaupt keine ausgemachte Sache. Wir werden nach meiner Meinung in den kommenden Jahren einfach einen starken Verfall der Währungen sehen, aber keinen völligen Zusammenbruch. Und hohe Inflation bedeutet zunächst nicht viel mehr als eine stärkere Investition in wertbeständige Güter. Warum nehmen wir nicht einfach eine Goldwährung?"

„Gold kann man nicht essen", sagte Jeremias lapidar.

Frankreich, Cevennen, 10. Juni

Zoe starrte auf das kleine Röhrchen. Dann stieß sie einen kleinen Schrei aus. Sie war schwanger.

Als sie einige Stunden später auf der Terrasse saß, kam ihr Vater dazu.

„Dir geht es gut", stellte er fest.

„Ihr werdet wieder Großeltern", sagte sie.

„Das ist … wunderbar. Ich bin überrascht. Wer ist denn der Vater?"

„Nicolas", sagte Zoe etwas leiser, denn sie wusste, dass ihr Vater Nicolas überhaupt nicht gerne mochte. „Aber er weiß nichts davon. Und so soll es erst einmal bleiben."

Ihr Vater nickte. Dann gingen sie an den Frühstückstisch und gossen sich Milch und Kaffee aus gerösteter Gerste in große Schalen.

Als ihre Mutter mit dem Brot kam, erzählte Zoe ihr sofort die Neuigkeiten.

„Ich möchte gerne eine Weile hier bleiben",
sagte sie.

„Und deine Arbeit?"

„Ich habe gekündigt. Bald wird alles anders
werden."

„Das sagen viele. Bei dir hätte ich nicht gedacht,
dass du von deiner Arbeit so schnell lassen
kannst."

Zoes Vater trank einen Schluck Kaffee.

„Natürlich kannst du hier bleiben", sagte Zoes
Mutter. „Es ist ganz wunderbar."

Nach dem Frühstuck stand Zoe auf und lief auf
das weitläufige Gelände. Sie war sehr zufrieden.
Ihre Arbeit, der Stress, Marseille und die anderen
Städte waren ihr egal. Ihr Handy klingelte.

„Hier ist Jacques Liotard. Es tut mir leid, Sie zu
stören, aber es ist wichtig."

Liotard war früher im Vorstand von Airbus
gewesen, arbeitete inzwischen jedoch für die
französische Regierung. Zoe hatte ihn früher
gelegentlich bei besonders wichtigen
Kundenterminen als Special Guest eingeladen.

„Ich bin nicht mehr bei Airbus angestellt", sagte
Zoe reflexartig.

„Das weiß ich, aber die Welt fragt inzwischen
nicht mehr danach, wer wo angestellt ist. Ich habe
eine neue Aufgabe angenommen. Seit einigen
Tagen leite ich die europäische Zentrale des UN-

Programms zur Meteoritenabwehr. Ich komme gleich zur Sache: Wir brauchen einen Manager, der die europäische Industrie für den Bau von Raketen umfunktioniert. Das können Sie am besten."

Zoe schwieg.

„Ich muss darüber nachdenken", sagte sie schließlich.

„Denken Sie nicht zu lange, denn Apophis wartet nicht auf uns."

Zoe legte auf und fühlte das Gras an ihren Füßen.

„Deswegen bin ich doch hierhergekommen", dachte sie. „Damit ich meine Füße in das Wasser eines fließenden Bachs halten kann. Damit mein Kind in Ruhe in meinem Bauch wachsen und unbehelligt von der Welt groß werden kann. Warum soll ich dieses Paradies hier aufgeben und dafür in eine Welt voller Stress zurück?"

Dann aber dachte sie weiter: „Es wird gar nicht unbehelligt aufwachsen können, wenn rund um uns herum Meteoriten einschlagen."

Sie hörte Schritte auf dem Laubboden. Zoes Vater setzte sich neben sie. Er legte seine Arme tröstend um sie.

„Was ist mit dir?", fragte er.

„Die Hormone spielen verrückt", versuchte Zoe lachend zu sagen. Dann begann sie zu schluchzen.

„Mein Kind wird nie Rad fahren lernen oder den ‚kleinen Prinzen' lesen. Es wird in einer Feuerhölle verbrennen, bevor es zwei Jahre alt ist."

„Das weißt du doch nicht erst seit gestern. Du hast alles geplant. Was ist passiert?"

Zoe erzählte von dem Anruf.

„Ich kann doch nicht einfach dabei zusehen, wie meinem Kind die Zukunft genommen wird! Oder?"

„Du hältst dich für zu wichtig. Es ist nicht der Einzelne, der die Welt verändert."

Zoe musste lächeln.

„Manchmal bist du so unfranzösisch", sagte sie. „Frankreich lebt von seinen exzentrischen Einzelgängern. Wir haben ein Bildungssystem, das nur Einzelgänger produziert. Und du sagst, der Einzelne sei nicht so wichtig."

„So ist es. Diese Selbstüberschätzung der Person war mir immer fremd. Deswegen bin ich auch hier auf dem Land geblieben, obwohl deine Mutter mich eine Weile dafür gehasst hat. Die Städter prahlen mit ihrer Eitelkeit. Aber das ist im Moment nicht so wichtig. Du bist schwanger und musst eine schwierige Entscheidung treffen. Doch vielleicht ist sie für dich gar nicht so schwierig."

Zoe schwieg.

„Du hast mir erzählt", brach sie schließlich das Schweigen, „wie dein Vater dir nach dem zweiten

Weltkrieg sagte, dass er sich für sein Leben schäme,
weil er nicht in der Resistance gewesen war. Ich
möchte mich nicht mein Leben lang für etwas
schämen."

Zoes Vater hatte für einen kurzen Augenblick
ein unendlich trauriges Gesicht. Dann gewann
wieder sein unergründliches Lächeln die Oberhand.

„Manchmal kann es besser sein, sich ein Leben
lang zu schämen, als zur falschen Zeit mutig zu
sein. In dieser Zeit ein Kind zu bekommen ist ein
ungewöhnlicher Entschluss. Die Zukunft scheint
düster zu werden und trotzdem hast du dich für ein
Kind entschieden. Das werden nur sehr wenige
Menschen tun. Jetzt willst du auch noch kämpfen.
Das kann leicht zu viel werden. – Wenn du Hilfe
brauchst, bin ich für dich da."

Ihr Vater stand auf, strich ihr über das Haar und
ließ sie am Bach zurück.

Norwegen, Spitzbergen, 12. Juli

Er traute sich nicht die leisesten Geräusche zu machen, als er seinen Orgasmus hatte. Die Kammern in Sigma 3 lagen alle so eng aneinander. Norman hatte sich mit einer hübschen jungen Schwedin verabredet. Sie hieß Lia und hatte sich während des Essens in der Kantine neben ihn gesetzt.

„Und was machst du so in Sig3?", hatte sie ihn gefragt.

Eigentlich hatte Norman gerade keine Lust gehabt zu reden, fühlte sich aber doch irgendwie verpflichtet.

„Ich versuche das Schwarmverhalten von Apophis zu beobachten."

„Das hört sich toll an."

Norman fand das überhaupt nicht.

„Überhaupt, wenn man so was entdeckt hat. Vielleicht nennen sie den Apophis-Schwarm ja mal in die „Norman-Meteoriten" um. Das wäre doch irre, oder?"

„Eigentlich möchte ich meinen Namen nicht unbedingt mit dem Weltuntergang in Verbindung sehen."

Lia hatte gelacht und sich mit ihm für den Abend verabredet. Sie hatten sich zu einem Glas Wein in einem der Aufenthaltsräume getroffen. Nach einer halben Stunde unbeschwertem Geplauder hatte sie ihn geradezu ins Bett gedrängt. Nicht, dass Norman sich gewehrt hätte, dennoch war er überrascht gewesen. Frauen hatten sich bisher kaum für ihn interessiert. Dazu war er einfach zu verschroben.

Inzwischen war ihm aufgegangen, dass er einen Star-Status in Sig3 hatte. Schließlich hatte er den Apophis-Schwarm entdeckt. „So konnte das Leben unter der Erde vielleicht doch noch schön werden", dachte er. Doch Lia ließ ihn an diesem Abend nicht viel Zeit zum Nachdenken.

Als Norman aufwachte, lag er wieder alleine in seinem Bett. Die Seite, auf der sie gelegen hatte, war kalt. Genüsslich räkelte er sich noch einmal, bevor er aufstand. Dann ging er an seinen Arbeitsplatz. Ihm schien es, als würden ihm die Frauen in allen Büros hinterherschauen.

Das erste Mal seit der Entdeckung des Apophis-Schwarms vor zwei Monaten konnte er seiner

Situation etwas Positives abgewinnen und ihm war es nicht mehr so wichtig, wann die Welt genau untergehen würde. Er würde bis dahin seinen Spaß haben und hoffte, es würde noch ein wenig dauern.

Als sich Norman an seinen Computer setzte, erwartete ihn ein ungewohnter Anblick. An seinem Bildschirm blinkten diverse Indikatoren in Rot. Das bedeutete unerwartete Abweichungen der Standardwerte. Norman klappte die Untermenüs auf. Insbesondere die Meteoriten in dem äußeren, hinteren Teil des Schwarms verursachten die Abweichungen. Sie hatten alle Namen der alten Disney-Figuren. Deswegen nannten Norman sie immer „Entenhausen".

„Warum fliegen die nicht wie geplant?", murmelte er.

Er rief eine Projektionssoftware auf, die den Lauf der Meteoriten prognostizieren konnte, und gab die neuen Rahmendaten in das Programm ein. Dann drückte er die Enter-Taste und beschloss zu frühstücken. Die Berechnung der neuen Laufbahnen erforderte hohe Rechenkapazitäten und damit auch etwas Zeit. Im Frühstücksraum traf er Mischa Levin.

„Ist hier noch frei?", fragte er etwas schüchtern.

Levin nickte freundlich.

„Wo fliegen denn unsere kleinen Schätzchen hin?", fragte er Norman etwas flapsig.

„Sie gehen ihren eigenen Weg. Offensichtlich ist die Materialanalyse nicht exakt gewesen und Masse und Gravitation doch ein wenig anders als erwartet."

„Sagen Sie uns doch, wenn Apophis an der Erde vorbei fliegen sollte. Dann reiche ich nämlich meinen Urlaub ein. Im Moment sieht es so aus, als ob die Ressourcen für die ganze Aktion noch weiter aufgestockt werden müssen. Allmählich wird es billiger, wenn wir auf den Mars auswandern würden."

„Ist das ein ernsthaftes Szenario?"

„Natürlich. Kurz vor dem Aufprall wird eine größere Gruppe Menschen von der Erde in Richtung Mars starten, etwa viertausend Personen. Damit wollen wir das Überleben der Menschheit sichern, falls unsere Schutzmechanismen hier versagen sollten."

Norman spielte nachdenklich mit seinem Plastikbesteck.

„Es ist wirklich unvorstellbar, wie viel Geld in das Überleben der Menschheit gesteckt wird. Riesige Bunkeranlagen, Siedlungen auf dem Mars, Tausende Abwehrraketen. Dabei hat die Menschheit nun wirklich nichts so Bedeutendes hervorgebracht, dass sie im Universum unbedingt überleben müsste."

„Finden Sie? Vielleicht haben wir ja noch einen Beitrag zu liefern. Wer weiß das schon? Und eigentlich muss man nicht etwas Bedeutendes hervorbringen, nur um überleben zu wollen."

„Das stimmt."

Frankreich, Paris, 12. Juli

Die Landschaft raste stumm an den Fensterscheiben vorbei. Zoe saß schon wieder im TGV nach Paris, diesmal um Jacques Liotard zu treffen. Es gab bereits Pläne, wie in kurzer Zeit die gesamte Airbus-Produktion für den Bau von Raketen umgestaltet werden sollte. Liotard wollte in Paris die Vorbereitungen und das weitere Vorgehen mit Zoe durchsprechen.

Im Zug erschien ihr die Entscheidung, den Landsitz ihrer Eltern zu verlassen, noch eigenartiger. Vor wenigen Wochen war sie mit einem scheinbar unerschütterlichen Willen aus der Stadt geflohen, weil dort bald kein gutes Leben mehr möglich sein würde. Daran hatte sich nichts geändert. Im Gegenteil, ihre Schwangerschaft machte sie noch empfindlicher und angreifbarer. Trotzdem zog es sie nun mit dem gleichen Willen in die Stadt zurück.

In Gedanken versunken nickte sie ein und wachte erst bei der Einfahrt in Paris wieder auf. Die Bahnhöfe waren nicht überfüllt wie sonst, nur wenige Gäste tummelten sich auf den Bahnsteigen. Obwohl Bahnfahren aufgrund des explodierenden Ölpreises natürlich viel günstiger als Autofahren war, gab es nicht mehr viele Menschen, die das Geld für eine Bahnfahrkarte besaßen.

Als sie auf die Straße trat, sprang ihr die Armut förmlich ins Gesicht. Auch früher hatte es an Bahnhöfen viele Menschen gegeben, die bettelten. Doch was sie jetzt vor sich sah, übertraf ihre bisherigen Vorstellungen. In den Gängen zur Metro lagen nicht nur Obdachlose oder Drogenabhängige, sondern ganze Familien.

Als sie schließlich bei Liotard eintraf, war sie froh, wieder ein etwas fröhlicheres Gesicht zu sehen.

„Herzlich willkommen", begrüßte Jacques Liotard seine Kollegin aus alten Zeiten. „Sie können sich vorstellen, wie dankbar ich bin, dass Sie kommen."

„Paris ist eine Stadt voller Armut geworden", sagte Zoe noch immer ganz fassungslos.

„Ein wirklich schreckliches Bild", stimmte Jacques zu. „Die hohe Inflation reißt viele in den Abgrund und die französische Regierung hat bisher kein Auffangnetz für die Menschen geknüpft."

Er führte Zoe in einen Besprechungsraum, an dessen Wänden Projektpläne im Großformat ausgehängt waren.

„Nehmen Sie bitte Platz", sagte Liotard. „Die Airbus-Belegschaft ist wie ein riesiger Tanker. Obwohl die Gewerkschaften sich nicht gegen Maßnahmen im Rahmen von Sigma 3 stellen dürfen, ist die Belegschaft nicht kooperativ. Dazu kommt noch die verteilte Produktion zwischen Frankreich und Deutschland. Jeder will seine Pfründe sichern. Dabei geht es doch um eine Angelegenheit, bei der Grabenkämpfe wirklich überflüssig sind."

„Was kann ich denn tun?", fragte Zoe.

„Sie hatten immer ein besonderes Geschick in Verhandlungssituationen. Machen Sie sich mit den Projektplänen vertraut und bringen Sie die Verantwortlichen an einen Tisch."

Zoe nickte. Sie fuhr in ihr kleines Apartment und zog sich dort mit einem dicken Ordner und ihrem Notebook zurück.

Die Stadt war in ein unwirkliches Morgenrot getaucht, als sie die Vorhänge am kommenden Morgen aufzog. Sacre Cœur lag wie eh und je auf den kleinen Häuser des Viertels gebettet und über der Seine stieg der Morgennebel auf. Die Welt war, wie sie immer war.

Sie machte sich Kaffee und setzte sich auf die winzige Terrasse, um der Stadt beim Erwachen zuzusehen. Doch je mehr das Morgenrot in das Tageslicht überging, desto mehr sah man die bittere Armut. Selbst aus der Entfernung konnte man die vielen Obdachlosen und Bettler nicht übersehen. Im Moment war es noch Sommer. Doch bald würden die Nächte kalt werden. Was würde aus den Menschen werden?

Sie hörte im Radio, dass die Pariser Präfektur angekündigt hatte, die Metrostationen ab Mitternacht für Obdachlose zu öffnen.

Doch Zoe dachte an andere Dinge. Der errechnete Entbindungstermin war im Februar des folgenden Jahres. Sie wünschte sich so sehr, dass ihr Kind normal aufwachsen würde.

Sie packte ihr Notebook ein und ging los. Direkt neben der Eingangstür lag eine Mutter mit zwei Kindern. Sie schlief. Eines der beiden Kinder, ein vierjähriges Mädchen, war schon wach. Sie spielte mit ihren Haaren.

„Werde ich auch so enden?", fragte sie sich. Die Geschwindigkeit, mit der sich die Armut ausbreitete, war atemraubend.

Am Eingang zur Metro war Wachpersonal damit beschäftigt, die Menschen, die in der Station übernachtet hatten, wieder hinauszutreiben. Ein unfreundliches Gedränge war in Gang gekommen. Diejenigen, die Metro fahren wollten, warteten stumm und sahen zu, wie andere Menschen hinausgeschubst und -gedrückt wurden, damit der Zugang frei wurde.

„Wie soll das erst werden, wenn es kalt wird und die Leute Hunger haben?", sagte eine Frau neben ihr.

„Vielleicht gibt es dann auch kein Wachpersonal mehr, das sie vertreibt. Oder keine Zugführer mehr, die der Staat bezahlen kann", ergänzte Zoe.

„Die Meteoriten zerstören uns, bevor sie die Erde treffen", meinte ein Mann.

„Das werden wir selbst tun, nicht die Meteoriten", entgegnete Zoe.

Dann war der Weg frei und die Menschen mit Geld strömten an denen ohne Geld vorbei.

„Sie denken nicht an den Untergang in drei Jahren", ging es Zoe in der Metro durch Kopf. „Sie denken nur an morgen. So hätte ich mir das Leben vor einer Apokalypse nicht vorgestellt. Sie sind wie ich. Ich bekomme ein Kind, das keine Familie haben wird und in einem Feuerinferno sterben wird."

Liotard wartete bereits in ihrem Büro auf sie.

„Die französischen Gewerkschaften schalten auf stur", sagt er. „Sie haben mir sogar mit einem Streik gedroht. Können Sie sich das vorstellen?"

„Streik?", fragte Zoe überrascht. „In unserer Situation ist das wie Massenmord. Ohne die europäischen Airbuskapazitäten fehlen vierzig Prozent der weltweiten Kapazitäten für die Raketenproduktion. Ich werde gleich versuchen einen Termin zu machen. Haben Sie heute Nachmittag Zeit?"

„Eigentlich nicht, aber ich sage alle Termine ab."

Liotard verließ das Büro. Zoe stellte ihre Aktentasche ab und holte tief Luft. Manchmal hatte sie das Gefühl, sie würde schon erste Bewegungen ihres Babys spüren, obwohl sie erst im zweiten Monat war. Sie rief Nicolas an.

„Wie geht's dir?", fragte er unbefangen.

„Ich brauche eine Schulter zum Ausheulen. In Paris ist es schrecklich. Kannst du nicht vorbeikommen?"

„Warum nicht? Ich suche mir eine Verbindung raus und mache einen Termin in der Zentrale. Wir haben uns schon zu lange nicht mehr gesehen."

Zufrieden legte Zoe auf. Die Aussicht auf ein Treffen mit Nicolas hob ihre Stimmung.

USA, Washington, D. C., 12. Juli

Der Raum roch nach verbrauchter Luft. An den Wänden hingen Flipcharts, die mit Kurven und Zahlenkolonnen beschrieben waren.

„Machen wir Pause", schlug Nils Plochnitz vor.

Die Arbeitsgruppe ging in den Nebenraum, in dem ein Buffet aufgebaut war.

„Sie sind wirklich ein harter Knochen", meinte Richard Brady zu Plochnitz. „Wie können Sie nur so überzeugt sein, dass unsere Währungssysteme alles verkraften werden?"

„Weil ich die Menschen kenne. Sie sind getrieben von der Gier nach Luxus und Reichtum. Und dieser Instinkt sorgt für eine Regulierung der Märkte. So war das schon immer."

„Der Markt wird sich sicher regulieren", sagte Li McNamara, der sich neben sie gestellt hatte. „Aber

Menschen können nicht beliebig lange hungern. Die Rentner, die von staatlichen Zuwendungen leben, können nicht warten, bis sich das System erholt hat."

„Ach was", entgegnete Plochnitz. „Die größte Armut wurde doch von den sozialistischen Planwirtschaften verursacht. Vielleicht ist die Marktwirtschaft voller Fehler, aber es gibt keine Alternative. So einfach ist das."

„So einfach ist das nicht", sagte McNamara ungerührt. „Die Sicherung der Mindeststandards ist in den Planwirtschaften teilweise gut gelungen. Und die große Armut in Afrika und Asien wurde in kapitalistischen Systemen erzeugt."

„Diese Diskussionen führen doch zu nichts", sagte Plochnitz.

Richard wollte sich am liebsten auf eine einsame Insel zurückziehen und über sein Leben nachdenken. Es deprimierte ihn, dass er erst in so einer Krise zum Nachdenken kam. Seine Arbeit, mit der er so viel Geld verdient hatte, kam ihm vollkommen nutzlos vor. Aber vielleicht war das mit einigen hundert Millionen Dollar im Rücken auch leicht zu sagen.

Norwegen, Spitzbergen, 13. Juli

Norman legte Ava Anderson seinen Bericht vor.
Sie saß hinter einem Glastisch und wirkte auf eine
unaufdringliche Art anziehend. Norman konnte
sich dieser Ausstrahlung nicht entziehen.

„Die Meteoriten scheinen aus einem anderen
Material zu sein, als wir vermuteten", berichtete er.
„Ich kann immer noch nicht sagen, was es ist.
Vielleicht sind unsere Rechenmodelle für
Meteoritenschwärme auch zu ungenau. Jedenfalls
wird der Aufschlag der einzelnen Meteoriten nicht
an den vorhergesagten Orten stattfinden. Der
Schwarm scheint in eine gänzlich neue Formation
überzugehen. Es sieht so aus, als würden sie in
einigen Monaten nicht mehr in der typischen
Schweif-Formation fliegen."

Ava rückte ihre Brille nach oben, während er
redete.

„Das hört sich nicht gut an", sagte sie. „Die Abwehrmaßnahmen sind ohnehin schon ziemlich kompliziert. Wenn sich nun auch die Aufschlagstellen verändern, sind möglicherweise die Bunker nicht optimal platziert oder die Treibstoffzuweisungen für die Raketen fehlerhaft. Wie wollen Sie weiter vorgehen?"

„Ich würde gerne ein anderes Rechenmodell ausprobieren. Dafür bräuchte ich allerdings zusätzliche Rechnerkapazitäten."

„Gut, kriegen Sie."

Damit war das Gespräch beendet. Norman fiel auch kein einziges Thema ein, mit dem er es noch verlängern konnte. Er war in ihrer Nähe zu aufgeregt.

Direkt vor Avas Tür fing ihn Lia ab. Norman war das überhaupt nicht recht, denn Ava sah, wie zutraulich Lia sich an ihn drängte.

Lia zog Norman hinter sich her und drängte ihn in eine kleine Nische. Ungehemmt öffnete sie seine Hose. Norman wusste nicht recht, wie ihm geschah. Einerseits fand er die Eskapaden mit Lia unglaublich aufregend, andererseits spürte er zunehmend, dass sie ausschließlich an seiner Berühmtheit Anteil haben wollte.

Aber er traute sich nicht, die Sache zu beenden. Irgendwie hatte Lia ihn im Griff. Es war nicht sein

Spiel, sondern ihres. Und sie schaffte es, Ava von ihm fernzuhalten.

„Es ist nur in der vierten Nachkommastelle", erklärte Norman am nächsten Morgen in der Projektrunde. „Aber eben doch ein Fehler in der vermuteten Zusammensetzung. Deswegen werden die Aufschlagspunkte nicht in den erwarteten Korridoren liegen. Die ganzen Sicherheitsmaßnahmen müssen angepasst werden."

Er sah in besorgte Gesichter. Ava hatte ihn gebeten, seine Ergebnisse in der größeren Runde vorzustellen.

„Wie sicher können wir denn diesmal sein?", fragte Levin skeptisch. „Haben wir in einem Jahr dann noch mal eine Korrektur der Werte und stehen wieder am Anfang?"

„Je näher Apophis kommt, desto besser werden unsere Prognosen. Aber ausschließen kann man eine weitere Korrektur natürlich nicht. Wir kennen das Verhalten von Schwärmen dieser Größe im Sonnensystem nicht. Alle Aussagen beruhen auf Simulationen. Und da gibt es immer Fehlerquellen oder leichte Abweichungen."

Ava räusperte sich.

„Im Augenblick", sagte sie, „bedeutet die Umplanung, dass ein Teil der bisherigen Bauarbeiten, die Planungen für die Marsmission und das Abwehrprogramm geändert werden müssen. Die Kosten für das gesamte Programm werden dadurch noch einmal deutlich steigen. Erste Schätzungen aus unserer Gruppe für die Finanzierungsmodelle liegen bei einer Erhöhung um dreißig Prozent."

„Der Niedergang da draußen wird noch schneller gehen", sagte Norman.

Ava nickte. Sie beendete die Sitzung und die Beteiligten zerstreuten sich.

„Gehen wir zusammen essen?", fragte Ava.

Norman nickte. Sie gingen zur Mensa und unterhielten sich. Norman war so in das Gespräch vertieft, dass er die gehässigen Blicke von Lia nicht bemerkte, die sie ihnen auf dem Gang zuwarf.

USA, New York, 14. Juli

McNamara rief die Arbeitsgruppen zusammen.

„Wir sollten uns kurz in der großen Runde austauschen. Bitte berichten Sie aus den Arbeitsgruppen. Wer möchte beginnen?"

Plochnitz meldete sich.

„Das ganze Gerede macht mir inzwischen Kopfschmerzen. Wir sind doch alle Experten. Seit Jahrzehnten arbeiten wir mit den Marktmechanismen, um Geld zu verdienen. Und der Markt hat uns noch nie im Stich gelassen. Er reguliert sich. Warum machen wir hier also Panik? Wir werden eine starke Inflation bemerken. Das tut der Staatsverschuldung ganz gut. Um soziale Härten abzufedern, könnte man einen speziellen Fonds mit Warengutscheinen einrichten, eine Art Wirtschaftskreislauf für Arme. Was halten Sie davon?"

Eine Frau mit dunkelrot gefärbten Haaren räusperte sich.

„Du bist so unverbesserlich, Nils. Ich habe mit diesen Marktmechanismen auch viel Geld verdient. Aber ich habe auch erlebt, wie Märkte zusammenbrechen und Jahrzehnte brauchten, um sich zu erholen. Denk doch an die Inflation in Argentinien. Obwohl wir von einem reichen Land sprechen und die Weltwirtschaft intakt war, hat es viele Jahre gedauert, bis sich die argentinische Wirtschaft wieder erholt hatte. Oder die abstrusen Ölspekulationen. Für Spekulanten eine prima Sache, aber für Menschen, die von staatlichen Geldern leben, ist es eine Katastrophe."

„Und die Entschuldung wird ihre Effekte erst in vielen Jahren zeigen", warf Richard Brady ein. „Der Vorschlag, alles dem Markt zu überlassen, bedeutet doch nur, dass man sich aus der Verantwortung stehlen will. Geld hat etwas mit Lebensqualität zu tun. Wenn es seinen Wert verliert, verlieren wir alle unsere Lebensqualität. Was in den Großstädten derzeit an Armut zu sehen ist, kann man schon jetzt nicht ertragen und trotzdem ist es erst der Anfang eines langen Niedergangs. Auf der Erde leben heute sieben Milliarden Menschen. Zwei Drittel konnten bisher ihre Ernährung sichern. Wenn sich die Armut ausbreitet, werden die Sozialsysteme zusammenbrechen und niemand wird sich dem Chaos entziehen können. Es gibt doch keine Wahl. Wir müssen zu einem bedürfnisorientierten Währungssystem kommen."

„Was meinen Sie damit?", fragte die Frau mit den dunkelroten Haaren.

„Währungen wurden bisher immer als Zahlungsmittel benutzt, mit denen man den Wert einer Ware in einem marktorientierten Umfeld bemessen kann. Den Markt gibt es bald nicht mehr, weil die größten Nachfrager – der Staat und die Industrie – auf Apophis konzentriert sind. Eine Währung muss in so einem Umfeld etwas anderes leisten als ein abstraktes Zahlungsmittel. Sie muss das Überleben von Menschen auf einem bestimmten Niveau sicherstellen."

„Ich schlage vor, dass wir diese Überlegung noch einmal in Arbeitsgruppen detaillieren", sagte McNamara.

Die anderen nickten zustimmend. Lediglich Plochnitz zeigte keine Reaktion.

Richard ging zum Fenster und sah in den ordentlich angelegten Garten. Die Frau mit den dunkelroten Haaren stellte sich neben ihn.

„Das war ein guter Vorschlag", sagte sie. „Wir kennen uns noch nicht. Ich heiße Maria Velasquez."

Sie schüttelten sich die Hände.

„Diese ganze Situation nimmt mich ganz schön mit", meinte Brady nachdenklich. „Devisen sind für mich eine spannende Welt gewesen, in der ich gut Geld verdienen konnte und einfach ein bisschen Spaß hatte. Jetzt denke ich anders. Währungen sind zu wichtig geworden. Sie dominieren jede winzige Fuge unseres Lebens."

„Viele Menschen kommen dabei unter die Räder. Die Mutter meines Schwagers rief vergangene Woche bei mir an, weil sie sich nichts mehr zu essen kaufen konnte."

„Haben Sie Lust auf eine kurze Pause im Garten?", fragte Richard. „Ich brauche frische Luft."

„Warum nicht?"

Sie öffneten die Terrassentür und betraten die kleine gepflegte Anlage im Hinterhof.

„Wenn man hier draußen ist, dann gibt es keine Weltuntergangsstimmung", sagte Richard und atmete durch.

„Hier gibt es auch kein Geld, nur Natur."

Sie liefen zu einer Parkbank in einer Laube und setzten sich.

„Was machen Sie, wenn wir hier durch sind?", fragte Richard.

„Ich weiß nicht. Mal sehen, was für eine Welt wir in einer Woche da draußen vorfinden werden. Ich habe ein kleines Haus in den kanadischen Rockies."

„Das hört sich toll an, Lachs fangen und Kanu paddeln ..."

Sie lachte, ein unbeschwertes fröhliches Lachen, dem sich Richard nicht entziehen konnte. Er sehnte sich nach einer Berührung – irgendetwas, das seine Seele berühren würde. Er riss sich aus seinen Gedanken und stand abrupt auf. Sie gingen in das Gebäude zurück.

Seitdem Richard mit Maria Velazquez gesprochen hatte, begann er Gefallen an den Arbeitsgruppen zu finden, insbesondere, da nun sein Vorschlag einer bedürfnisorientierten

Währungspolitik diskutiert wurde. Sogar Plochnitz ließ sich kurz auf den Gedankengang ein.

„Haben Sie denn eine konkretere Vorstellung, was ‚bedürfnisorientiert' bedeuten soll?", fragte er mit einem provokanten Unterton. „Nur weil ich ein Haus am Strand will, muss sich die Währungspolitik doch nicht danach richten, oder?"

„Davon einmal abgesehen, dass wir alle hier bestimmt ein Duzend Häuser an Stränden haben", antwortete Brady, „sprechen wir im Moment ja in einer volkswirtschaftlichen Dimension. Und auf dieser Ebene bin ich absolut dieser Meinung."

„Welche Werte sollen denn so einer Währung entgegenstehen?", fragte Li McNamara, der sich ebenfalls zu Richards Arbeitsgruppe gesellt hatte. „Es kann ja weder so etwas wie Gold sein, aber auch nicht das Bruttosozialprodukt. Denn ein Großteil des Sozialprodukts fließt ja in das Anti-Apophis-Programm."

„Vielleicht könnte man auf einen Index gehen, zum Beispiel den Index der Basisgüter", schlug Jeremias Rasputin vor.

„Die Zusammensetzung vieler Indexprodukte stammt von mir", meldete sich Plochnitz zu Wort. „Ich halte das nicht für geeignet. Erstens sind darin viele Metalle und Energievorprodukte enthalten, die für die Apophis-Abwehr gebraucht werden. Zweitens hat der Index einen abstrakten Charakter.

Er basiert auf den Preisen für diese Güter und die steigen schon seit Wochen explosionsartig. Wir müssten andere Referenzpunkte finden."

„Man könnte die Preise von letztem Jahr nehmen und festschreiben", überlegte McNamara.

„Und wenn wir einfach alle Preise festschreiben würden?", fragte Rasputin.

„Das haben wir doch schon hundertmal besprochen", reagierte Plochnitz verärgert. „Außer durch staatliche Eingriffe lässt sich der Währungsmarkt nicht regulieren. Es entsteht sofort ein Schwarzmarkt. Das kennen wir doch zur Genüge aus den Kriegszeiten."

„Und was soll der Unterschied zu Richards Ansatz sein?"

„So wie ich es verstehe, handelt es sich immer noch um eine echte Währung. Die Garantien würden aber nicht in Gold oder dem Bruttosozialprodukt liegen, sondern in einem bestimmten Warenkorb aus Grundstoffen."

Richard nickte zustimmend.

„Dadurch würde sich allerdings auch der Reichtum der Staaten verändern", ergänzte er. „Je mehr Grundstoffe sie haben, desto reicher wären sie. Die Welt würde deutlich anders aussehen, als wir sie kennen."

Frankreich, Paris, 20. Juli

Nicolas war unbeschwert wie immer. Er sprach kaum über seine Arbeit und auch nicht über die Armut auf den Straßen, sondern über einen Agatha-Christie-Krimi, den er gerade wieder einmal las.

Er hatte eine Flasche Wein aus seinem Keller mitgebracht und einen Ziegenkäse von seinem Onkel, der auf dem Land arbeitete. Zoe machte daraus einen Salade Chevre Chaude und goss ihnen bei Kerzenlicht den Wein ein.

Nachdem sie die Großartigkeit von Agatha Christie ausgiebig diskutiert hatten und der Ziegenkäse aufgegessen war, räumte Zoe ab.

„Wieso denkst du eigentlich nie über die schlimmen Seiten der Welt nach?", fragte sie.

„In dieser Hinsicht bin ich Taoist", antwortete Nicolas. „Entweder das Unerwünschte ist schon geschehen, dann brauche ich keine Angst mehr davor zu haben. Oder es liegt in der Zukunft, dann versuche ich es zu vermeiden. Aber darüber zu grübeln, verändert nichts. Abgesehen von dem Verlust meiner guten Laune."

„Manchmal bist du richtig weise."

„Nur manchmal?"

Er griff Zoe um die Taille, als sie seinen Teller nahm, und zog sie zu sich heran. Zoe ließ es zu, musste aber daran denken, dass Nicolas nichts von seinem Vaterglück wusste. Ob er sich freuen würde? Als seine Hände ihren Körper zu liebkosen begannen, schaltete sich ihr Kopf schließlich aus.

In der Nacht wachte sie auf und sah Nicolas neben sich liegen. Würde ihr Kind ihm ähnlich sehen? Was sollte sie ihm über seinen Vater erzählen?

Sie hatte das Gefühl, als würde eine Hand über ihren Kopf streichen, eine riesige Hand, die sie berührte. „Es wird alles gut", hörte sie in ihrem Kopf. „Es wird alles gut, meine kleine Zoe." Es war die große Hand ihres Vaters, die sie in ihrer Vorstellung berührte. Als Kind hatte sie es so geliebt, wenn er ihr nachts vor dem Einschlafen durch die Haare gestrichen hatte. Jetzt sehnte sie sich danach, dass alles gut werden würde, weil ihr Kopf immer sagte, dass alles schlecht sei.

Zoe stand auf, stellte sich auf den Balkon und blickte über das nur sehr spärlich beleuchtete Paris.

Früher hatte die Stadt von der wunderbaren Beleuchtung der Häuserfassaden gelebt, die ein warmes Licht auf die Straße warfen, und von den raffiniert angestrahlten Brunnen. Nun war alles dunkel. Nur wenige große Kreuzungen wurden noch beleuchtet. Die Energie wurde für das Apophis-Programm benötigt.

Aber die Dunkelheit war nicht still. Überall bewegten sich Schatten auf der Suche nach Nahrung und Schlafplätzen. Die Menschen sprachen, jammerten. Zoe stand auf dem Balkon und sehnte sich nach der Hand, die über ihren Kopf streichelte und den Menschen, der ihr dazu sagte, dass alles gut werden würde.

„Diese Dunkelheit", dachte sie, „wird auch nach dem Einschlag der Meteoriten über uns kommen, wenn das Licht für alle ausgehen wird und alles unter einer Dunstglocke verschwindet."

Zoe wachte auf, als die Sonne aufging. Nicolas kuschelte sich im Schlaf fest an sie. Zoe musste aufstehen. Mittags sollte sie in Lille sein.

Der Weg zum Gare du Nord war wieder grauenhaft. Die Inflation machte viele Menschen schlagartig völlig arm. Im Vorbeigehen sah sie die Schlagzeile im Paris Match: „Regierungstruppen schießen auf Plünderer".

Zoe stieg in den TGV nach Lille. Er war wieder leer. Nur noch Geschäftsreisende benutzten ihn.

Die Fahrt war eine Insel der Ruhe. Zwei Stunden später war sie in Lille.

Sieben Vertreter des Betriebsrats und der Gewerkschaft von Airbus saßen an dem getäfelten Tisch, der sich bereits seit Ludwig XIV in diesen Räumen befand. Schon die quadratischen Schädel der Gewerkschaftler ließen auf Betonköpfe schließen. Zoe Clarand blieb ruhig. Das war ihr Metier.

Sie begrüßte die Anwesenden freundlich und fuhr dann fort: „Wir sind hier, damit etwas besser wird als zuvor. Wenn wir alle das Gefühl haben, wir können nichts zum Besseren beitragen, sollten wir unsere Runde vertagen. Die Menschheit wird bedroht und braucht von Airbus einen Beitrag."

Maximillian Arsène räusperte sich. Trotz der katastrophalen wirtschaftlichen Situation hatte er eine Havanna-Zigarre im Mundwinkel. Er war der Betriebsratsleiter und für seine politischen Schachzüge weit über Airbus hinaus bekannt.

„Den kann die Menschheit haben", sagte er. „Aber von den französischen Werken aus."

Damit war sein Standpunkt geklärt und er würde davon nicht mehr abrücken. Genüsslich lehnte er sich nach hinten. Sollten die anderen sich doch mit den Kleinigkeiten abgeben.

Zoe hatte sich über Maximillian Arsène genau erkundigt und ein Profil anfertigen lassen. Und dort hatte sie eine Lücke entdeckt, die sie nun gnadenlos ausnutzen würde. Zunächst bat sie jedoch die anderen am Tisch um ihre Meinung.

„Wenn wir nachgeben", sagte ein Vertreter aus Toulouse, „werden die Arbeitsplätze für immer weg sein. Deutschland hat traditionell die besseren Raketenentwickler und Triebwerksingenieure. Die Entwicklung würde dorthin wandern, wir wären nur noch Ausführende."

In dieser Art äußerten sich alle Anwesenden. Nachdem der Letzte in der Runde gesprochen hatte, holte Zoe zu ihrem Schlag aus.

„Meine Herren, seit vielen Jahrzehnten kämpfen Sie um Arbeitsplätze und Arbeitsbedingungen. Sie waren sehr erfolgreich und Frankreich hat in der Flugzeugproduktion die führende Rolle im Konzern übernommen. Aber wenn wir hier zu keiner Lösung kommen, dann gibt es in zwei Jahren möglicherweise niemanden mehr, der Ihre Arbeitsplätze besetzen kann."

„Das ist doch Panikmache", sagte Arsène mit rotem Kopf. „Wir haben die Atombombe überlebt, das Waldsterben und die Finanzkrise. Jetzt kommt das Nächste, mit dem wir weich geklopft werden sollen. Das können Sie vergessen."

Maximillian reagierte exakt so, wie es das Profil vorhersagte.

„Monsieur Arsène …"

„Sagen Sie ruhig Max, wie es alle tun."

„Max, Sie haben ungeheuer viel Erfahrung in der Interessensvertretung gesammelt. Und es ist immer wichtig, auf der richtigen Seite zu stehen – wie in den Kriegszeiten, nicht wahr?"

Sofort verengten sich Arsènes Pupillen und Zoe wusste, dass sie die richtige Seite zum Klingen gebracht hatte. Die Familie Arsène hatte im zweiten Weltkrieg eine unrühmliche Rolle gespielt und sowohl Bürger jüdischen Glaubens als auch Widerstandskämpfer an die deutschen Besatzer verraten, um sich materielle Vorteile zu sichern.

Vor einigen Jahren hatte dieser Umstand Max beinahe seinen Posten gekostet und war in der Öffentlichkeit als Makel an ihm hängen geblieben.

„Ich stehe auf der Seite der Arbeiter", bluffte Arsène zurück.

„Tun Sie das? Ich glaube nicht. Die Arbeiter wollen, dass ihre Familien leben und nicht in einem Inferno untergehen. Die Arbeiter zu vertreten heißt, alles für deren Leben zu tun. Was wollen Sie ihren Enkeln nächstes Jahr erzählen, wenn man in der Zeitung lesen wird, dass wegen der langsamen Arbeitsweise in den Airbuswerken ein Drittel der Meteoriten die Erde treffen wird? Stellen Sie sich nicht stur, sondern tun sie etwas für den Ruf Ihrer Familie."

Max schnaubte wütend. Zoe hatte gewonnen. Dem alten Haudegen blieb kein Ausweg. Er gab nach.

Mit einem beschwingten Gefühl fuhr Zoe am Abend zurück nach Hause und bemerkte nicht, dass sie nicht alleine war. Als vor ihrer Haustür eine Person aus dem Schatten hervortrat, zuckte sie zusammen. Zoe kannte den bulligen Kerl nicht, der sich zwischen sie und die Haustür stellte.

„Sie sind eine Verräterin", sagte der Mann leise.

„Wer sind Sie?", rief sie laut, damit man sie gut hören konnte.

„Wenn Sie sich der nationalen Verteidigung in den Weg stellen, kommen die anderen. Die reden nicht nur. Beenden Sie sofort die Abwanderung von Arbeitsplätzen nach Deutschland. Wir werden uns das nicht gefallen lassen. – Und nun träumen sie gut."

Mit wenigen Schritten verschwand der Mann im Schatten einer Seitengasse. Jetzt erst ging in einer der oberen Etagen ein Fensterladen auf und ein Mann im Schlafanzug schaute neugierig nach unten.

Zoe Clarand trat in ihre Wohnung. Nicolas war am Morgen abgereist, die Wohnung war leer. Sie verriegelte die Tür. Dann setzte sie sich auf das Sofa und legte beide Hände auf ihren Bauch. Sie hatte Angst, richtige Angst. Hatte Arsène einen

Schläger organisiert? Das konnte nicht sein, sie hatte doch vor drei Stunden noch vernünftig mit ihm gesprochen. Aber es gab noch mehr Menschen, die von ihrer Aufgabe wussten. Möglicherweise hatte jemand aus dem Umfeld von Jacques Liotard Informationen zugesteckt bekommen.

„Denk an dein Kind", ging es ihr durch den Kopf. „Du machst das für dein Kind. Doch das Kind muss sich sicher fühlen. Also versuche dich zu beruhigen."

Aber ihre Angst stammte nicht von der unheimlichen Begegnung vor der Haustür. Sie fühlte sich allein in einer Welt im Untergang, mit einer großen Angst vor dem, was kommen würde.

Zoe griff zum Telefonhörer und rief Nicolas an, doch niemand meldete sich. Dann lauschte sie in die Dunkelheit. Seitdem so wenig Autos fuhren, war es selbst in Paris sehr still geworden.

War ihre Entscheidung richtig gewesen, den sicheren Landsitz ihrer Eltern für ein waghalsiges Unternehmen aufzugeben? Sie zweifelte.

Norwegen, Spitzbergen, 22. Juli

Sie drängte sich hemmungslos an Norman und knöpfte seine Hose auf. Norman protestierte.

„Ich will nicht mehr."

„Mach ich es nicht mehr gut genug?"

„Damit hat das nichts zu tun."

„Aber womit dann?"

Lia kannte die Antwort genau. Sie wusste, dass in Normans Kopf eine andere Frau war. Aber sie wollte diese Wahrheit nicht kennen. Sie wollte keine Enttäuschung, bevor diese riesigen Steinbrocken auf sie niederprasseln würden. Also legte sie ihm einen Finger auf den Mund und rieb ihren Schenkel so lange an ihm, bis er kam. Dann zog sie sich an.

„Wenn du mich wegen Ava verlässt, bringe ich mich um. Das meine ich ernst."

Mit diesen Worten ließ sie Norman halb nackt im Bett liegen und ging. Im ersten Augenblick musste er schmunzeln, dann zweifelte er jedoch. Er würde Lia eine große Dummheit zutrauen. Aber er konnte doch nicht sein ganzes Leben nach ihr ausrichten.

In seinen Träumen war keine Lia, da war nur Ava. War er sexsüchtig oder warum kam er von Lia nicht los? Nie hätte er gedacht, dass er mit dem Weltuntergang vor seinen Augen einmal zu viel Sex haben könnte.

Norman sprang unter die Dusche und zog sich an. Es wartete viel Arbeit auf ihn und er hatte mit seinem alten Studienfreund Leonidas Kontakt aufgenommen. Leonidas hatte Mathematik studiert und war als bester Student seines Jahrgangs mit allen Ehren zu einer Professur nach Cambridge verabschiedet worden.

Norman hatte ihn wegen eines mathematischen Simulationsmodells angemailt, das er einsetzen wollte. Als Norman sich nun an seinen Rechner setzte, war schon eine E-Mail von Leonidas in seinem Posteingang, die jedoch eine Überraschung für ihn bereithielt.

Leonidas hatte seine Professur verloren. Deswegen war er zu seiner Familie nach Griechenland zurückgekehrt und lebte dort als einfacher Landarbeiter. Trotzdem hatte er sich Normans Simulationsmethode angesehen und mit einigen brillanten Bemerkungen versehen.

Als Norman sich in die Arbeit vertieft hatte, spürte er plötzlich eine Hand auf seiner Schulter. Ein angenehmer Schauer lief über seinen Rücken.

„Wie geht's?", fragte Ava fröhlich.

Etwas verzögert antwortete Norman mit einem kurzen „Gut".

„Komm mit, ich möchte dir etwas zeigen."

Ava nahm die Hand von seiner Schulter, aber die warme Stelle blieb. Sie lief vorneweg und führte ihn durch eine Lagerhalle, die bisher nicht verwendet worden war. Der riesige Raum hallte von ihren Schritten und strahlte eine imposante Kühle aus. Menschen waren zu klein, um die Dimension zu begreifen.

Zielstrebig lief Ava auf eine Stelle zu, die im Schatten eines Felsvorsprungs lag. Von Weitem war nicht zu erkennen, dass dort eine Tür war. Ava legte den riesigen Stahlverschluss um und öffnete die Tür. Dahinter lag eine enge Wendeltreppe, die sich endlos lang nach oben zu winden schien.

„Hier ist ein Ausgang", sagte Ava. „Es ist ein alter Notausgang, der mit den Kameras nicht zu sehen ist. Ein unbewachter Ausgang."

„Woher weißt du, dass er unbewacht ist?"

„Ich war oben."

„Du warst oben?"

„Grünes Gras ist da oben und es riecht nicht nach Klimaanlage."

Ihre Augen wurden etwas feucht.

„Lass uns gehen", sagte Norman ungeduldig.

Sie stiegen die lange, gewundene Metalltreppe nach oben. Ihre Schritte hallten in der Betonröhre. Schließlich kamen sie an den Verschlussdeckel. Norman drehte das schwere Rad und die Stahlplatte öffnete sich. Beim Einatmen der frischen Luft wurde ihm schwindelig. Er stieg die Leiterstufen nach oben. Die Steppe mit ihren wenigen blühenden Pflanzen im Sommer erschien ihm seltsam und unwirklich. Das Kunstlicht hatte seine Farbwahrnehmung in den letzten Monaten verändert.

Ava stieg ebenfalls aus dem Gang.

„Es ist unglaublich, nicht wahr?"

„Ich hatte vergessen, dass es diese Welt gibt. Wie der Himmel aussieht und wie es hier riecht!"

„Wenn man hier steht, scheint es mir, als ob alles wie immer wäre. Keine Meteoriten, keine Armut."

Norman war immer noch vollkommen ergriffen. Er sah Ava an und tat dann etwas, das er sich sonst nicht getraut hätte. Er küsste sie.

Ava nahm seine Hand und sie gingen los, als ob nun der richtige Zeitpunkt für den Nachmittags-spaziergang wäre. Nach einigen Minuten blieben beide stehen und hörten, wie der Wind in ihren Ohren rauschte. Nach einer weiteren halben

Stunde kamen sie zu einer Gruppe von Sträuchern und Büschen.

„Komm, wir setzen uns", sagte Ava und zog ihn auf den Boden.

„Wieso bist du bei deinem letzten Ausflug überhaupt zurück nach Sig3 gekommen?", fragte Norman.

„Bis zur nächsten Stadt ist es weit. Und was soll ich dort?"

Sie machte eine kurze Pause.

„Vielleicht auch ein wenig wegen dir."

„Wegen mir?"

Norman wollte etwas sagen, doch dann wusste er nicht, was. Er kam sich so dumm vor. Jeden Tag sah er sich Sterne und Meteoriten in unendlicher Entfernung an. Aber in seiner unmittelbaren Umgebung sah er nichts. Er hatte nicht gesehen, dass Ava sich für ihn interessierte und bestimmt hatte er viele andere Dinge auch übersehen.

„Wenn die Meteoriten auf meinem Kopf fallen würden, würde ich es bestimmt auch erst beim Aufschlag mitbekommen", dachte er.

„Und wenn wir einfach hier bleiben, Lachs fangen und Beeren sammeln?"

„Du bist ein Träumer", entgegnete Ava.

„War ich schon immer. Deswegen wollte ich in eine Sternenwarte und in den Weltraum schauen."

„Wir können ein anderes Mal weiterträumen. Sie werden uns schon vermissen. Es wird Zeit, dass wir zurückkehren."

Ava stand auf und sie gingen zu der Luke zurück. Als sie sich über ihnen schloss, hatte Norman das Gefühl in eine Gruft hinabzusteigen.

USA, Washington, D. C., 1. August

Maria lag nackt neben ihm. Ihre Haut war samtweich und ihre Haare dufteten nach Mango ...

Der Wecker zerstörte Richards Traum. Er lag alleine im Bett. Das Apartment war in ein nebligweißes Licht getaucht. Die Sonne hatte den Tag noch nicht erobert.

Jetzt hatte er bereits die dritte Nacht hintereinander geträumt, mit Maria zu schlafen. Sollte er vielleicht doch mit ihr ausgehen? Ohnehin lag es in der Luft, dass das Gremium einen Tag pausieren sollte. Die Produktivität war gegen null gesunken, erste Aggressionen machten sich breit.

Er frühstückte in seinem Apartment und ging die wenigen Schritte hinüber zu den Meetingräumen. Die Straßen waren ruhig. Einige Bettler schliefen auf den Gehwegen. Autos fuhren nur wenige. Im Eingangsbereich traf er Maria im Gespräch mit Plochnitz an. Er spürte Eifersucht in sich aufsteigen. Als sie ihn sah, kam sie auf ihn zu.

„Willst du einen Kaffee trinken?", fragte sie ihn. Richard nickte.

Sie gingen zum Buffet und anschließend an einen der Stehtische.

„Ich brauche dringend Abwechslung", sagte Maria. „Dieses Leben in der Isolation macht mich wahnsinnig. Erzähle mir etwas über deine Familie. Wo bist du geboren?"

„Eine langweilige Geschichte."

„Nur weil du sie schon kennst."

„Mein Vater war Lehrer an einer Grundschule in Dublin, aber sehr unglücklich. Er hasste den Lärm der Kinder und konnte das Chaos nicht ertragen. Das ließ er dann abends an mir aus. Meine Mutter war selten zu Hause, wenn mein Vater mittags von der Schule kam. Sie ertrug seine schlechte Laune auch nicht. Keine Ahnung, was sie den ganzen Tag machte. Ich bin jedenfalls bei der ersten Gelegenheit nach London und habe bei einer Bank angefangen."

„Die Europäer reden oft schlecht über ihre Eltern. Ich glaube, die Eltern in Südamerika sind nicht besser, aber niemand hat so hohe Erwartungen an sie. Wenn ich meine Eltern unter Gesichtspunkten der modernen Erziehung betrachten würde – oh mein Gott! Aber für mich sind sie einfach meine Wurzeln, keine Götter. Das macht vieles leichter."

„Ich frage mich, ob diese ganzen Themen überhaupt noch eine Bedeutung haben werden. Bald sind wir alle weg von diesem Planeten und niemand wird mich mehr nach meinen Eltern fragen und niemand wird sich für unser Geld interessieren", sagte Richard.

„Das war schon immer so. Die Südamerikaner sind von den Spaniern ausgerottet worden. Oder die Nubier in den ägyptischen Kriegen. Doch am Ende bleiben genügend übrig, die nach ihren Eltern gefragt werden."

Richard musste lächeln. „Ein schöner Gedanke."

Der Sitzungsvormittag begann mit dem üblichen Schlagabtausch der bisher genannten Positionen. Es schien ein Tag wie jeder andere in den letzten Wochen zu werden.

Plötzlich hörten sie laute Geräusche aus dem Eingang. McNamara ging zur Tür, um zu sehen, was da vor sich ging. Im gleichen Augenblick wurde die schwere Eichenholztür von einer Explosion aus den Angeln gerissen. Alle warfen sich schlagartig auf den Boden.

Brady sprang auf und lief durch die Rauchschwaden nach draußen. Plochnitz lag stöhnend am Boden. Aus der Damentoilette kam Maria Velasquez heraus. Das Entsetzen war ihr ins Gesicht geschrieben. Richard griff nach ihrer Hand und zog sie aus dem Gebäude.

„Wir verschwinden", sagte er.

Maria nickte zustimmend und rannte mit ihm einen Hügel hinunter, bis sie einige Wohnblöcke erreichten. Aus den Fenstern starrten sie neugierige Gesichter an. Anschläge von allen möglichen Splitterorganisationen und Vandalen waren an der Tagesordnung.

„Wo sollen wir hin?", fragte Maria.

„Keine Ahnung, erst mal weg."

Sie liefen einige Straßen, bis sie nicht mehr wussten, wo sie waren. Vor dem Eingang zu einem größeren Park blieben sie stehen und setzten sich auf einen moosbewachsenen Stein. Es wirkte friedlich. Doch überall streunten Bettler herum. Früher waren sie von Sicherheitskräften ferngehalten worden. Nun gab es dafür kein Geld mehr. Die Sicherheitskräfte arbeiteten für das Apophis-Programm.

„Dieser ganze Arbeitskreis ist doch totale Zeitverschwendung", sagte Richard. „Nun sind wir auch noch das Ziel von Anschlägen. Und wofür?"

„Du bist nicht für alles verantwortlich und kannst die Welt auch nicht ändern. So ist es eben. Es gibt keinen großen Plan, keine übergeordneten Ziele."

Sie sahen ein Eichhörnchen von einem Baum hinab in die Nähe eines Busches laufen. Als es nach einer Nuss griff, fiel ein größeres Netz herunter und hielt das Tier gefangen. Kurz danach kam eine Frau und drehte dem Tier den Kopf um. Sie würde es später essen. Maria musste sich übergeben. Richard reichte ihr ein Taschentuch und nahm sie dann in den Arm.

„Alle Träume zerplatzen so schnell", schluchzte sie. „Ich wollte meiner Familie eine Ranch kaufen und dort ein neues Leben anfangen."

„Alles wird gut", versuchte Richard sie zu beruhigen. Aber er glaubte selbst nicht daran. Alles würde für immer schlecht bleiben. Die menschliche Ordnung verglühte ohne Geld wie eine Sternschnuppe.

„Entweder wir verschwinden oder wir gehen zurück und verändern etwas", sagte Richard schließlich. „Ich für meinen Teil kann sagen, dass ich nicht auf einer Karibikinsel Kokosmilch schlürfen kann, während die Menschheit sich selbst ausrottet – und zwar bevor die Meteoriten einschlagen."

„Können wir denn etwas verändern?", fragte Maria Velasquez. „Wir sind doch nur Marionetten."

„Das sind wir nicht!", widersprach Richard energisch. „Wir können uns frei entscheiden. Ich gehe zurück. Das ist meine Entscheidung."

„Ich bleibe hier an der frischen Luft", sagte Maria. „Ich kann das Geschwätz nicht mehr ertragen."

Sie nahmen sich in die Arme und verabschiedeten sich.

„Wollen wir uns nächste Woche hier treffen? Gegen Mittag?"

„Das machen wir. Ich komme bestimmt."

Es war für Richard ein eigenartiges Gefühl, das einzige, das er in den letzten Tagen gewonnen hatte, wieder aufzugeben. Aber er konnte im Augenblick nicht anders.

Auf dem Weg zurück sah er die Zerstörung, die die Wirtschaftskrise anrichtete. Obwohl die Gebäude an den Straßenrändern noch neu und intakt wirkten, weil sie erst vor einigen Jahren gebaut worden waren, waren die Bewohner nicht mehr die gleichen. Angst war in ihren Gesichtern und eine Art von Gewalt lag in der Luft.

„Schon immer haben die großen Krisen ihre Opfer gehabt", dachte er. Aber die Systeme waren

doch zumeist in einigen Ländern intakt geblieben.
Diesmal brach alles gleichzeitig zusammen. Die
Finanzkrise von 2008 schien ihm dagegen wie ein
leichtes Wellengekräusel vor einer Monsterwelle.

Norwegen, Spitzbergen, 1. August

Die Uhr zeigte sechs Uhr dreißig, als Norman
von einem Geräusch wach wurde. Lia war in sein
Zimmer geschlüpft. Sie war nur mit einem Mantel
bekleidet, den sie jetzt mit einer einzigen
Handbewegung herabgleiten ließ. Dann legte sie
sich in ihrer ganzen Nacktheit unter seine Decke
und öffnete seinen Schlafanzug.

Norman war noch halb am schlafen und
benötigte einige Sekunden, bis er verstand, was
passierte. Er machte Licht.

„Hör endlich auf", sagte mit einer verschlafenen
Wut. „Ich will nicht mehr. Du kannst mich richtig

geil machen, gut. Aber ich will nicht mehr. Schluss. Aus. Verschwinde."

Dann drückte er sie aus dem Bett. Lia versuchte wieder zu ihm kommen, aber er war stärker und drückte sie immer wieder weg. Immer verzweifelter begann sie zu kratzen und zu schlagen. Norman bekam Angst und hörte auf. In ihren Augen sah er eine zerstörerische Wut.

Urplötzlich stand sie auf und rannte in sein Bad. Sie nahm seine Nagelschere und begann wild auf sich selbst einzustechen. Norman sprang auf und lief zu ihr ins Bad. Überall war Blut. Er riss ihr die Schere aus der Hand. Lia brach zusammen. Sofort rief Norman den Sicherheitsdienst.

Kaum eine Minute später kam das Sicherheitspersonal mit zwei Sanitätern angerannt. Norman lief mit den Sanitätern bis zum OP, wo ihm der Zutritt verweigert wurde.

Orientierungslos lief er durch die Gänge. Ava war nicht in ihrem Büro. Vielleicht war sie auch nicht die richtige Person, die er damit belästigen sollte.

Nach einiger Zeit setzte er sich an seinen Arbeitsplatz. Wieder hatte er eine Nachricht seines alten Studienkollegen im Posteingang. Leonidas hatte noch weitere Anmerkungen zur Simulation geschickt. Norman klickte sie einfach weg. In

seinem Kopf war kein Platz dafür. Schließlich lief
er wieder zur Krankenstation zurück.

Hatte er an allem Schuld? Hätte er nicht viel
früher einen Schlussstrich ziehen müssen?

Er wurde in seinen Gedanken unterbrochen.

„Herr Dr. Becker?", fragte ihn einer der Ärzte.
„Ich kenne ihr Verhältnis zu Lia Vanné nicht."

Dann räusperte er sich und Norman starrte
gebannt auf seine Lippen, in sicherer Ahnung, was
nun kommen würde.

„Leider muss ich Ihnen mitteilen, dass Ms.
Vanné verstorben ist. Bitte stehen Sie den
Sicherheitskräften für weitere Untersuchungen zur
Verfügung."

Der Arzt wartete kurz und prüfte, ob er bei
Norman Anzeichen eines Zusammenbruchs
erkennen konnte. Doch Norman blieb ruhig. Der
Arzt verabschiedete sich und ließ ihn alleine
zurück.

Völlig leer im Kopf lief Norman wieder an Avas
Büro vorbei. Diesmal war sie da. Er trat ein und
klammerte sich wortlos an sie wie an einen
Rettungsring.

Dann begann er zu erzählen, wie Lia mit der
Schere auf sich eingestochen hatte, wie er die
Sanitäter begleitet und der Arzt ihm schließlich Lias
Tod mitgeteilt hatte.

„Lass uns auf die Wiese nach oben gehen",
sagte Ava, nachdem sie Norman zugehört hatte.
„Die frische Luft wird dir guttun."

Rasch liefen sie durch die Gänge und stiegen die
lange Treppe hinauf. Als Norman den blauen
Morgenhimmel über sich sah, fühlte er sich sofort
besser. Sie gingen den gleichen Pfad wie beim
letzten Mal entlang.

„Hast du sie geliebt?", fragte Ava.

Norman schüttelte den Kopf.

„Sie ist mir hinterhergelaufen, wie ein Groupie.
Jedes Mal riss sie sich ihre Kleider vom Leib und
stürzte sich auf mich. Ich weiß nicht, woher sie
diese Energie in unserem Steingrab hatte. Ich hätte
sie gleich abweisen müssen. Aber woher sollte ich
denn wissen, dass …"

„Es gab in den zweieinhalb Monaten, in denen
wir jetzt hier sind, sieben Tote. Alles Selbstmord."

„Das wusste ich nicht."

„Niemand redet gerne darüber. Es stört das Bild
eines sauberen Forschungsbetriebs. Außerdem
wirkt es nicht gerade motivierend, oder? Aber der
Stress ist eben sehr groß. Schon ohne Apophis
wäre es ziemlich anstrengend, hier unten
eingesperrt zu sein. Aber mit der Vorstellung, dass
wir vielleicht die letzten Jahre unseres Lebens unter
der Erde verbringen, wird alles unerträglich."

„Die Meteoriten töten schon vor dem Einschlag", sagte Norman. Dann änderte sich sein Blick.

„Ich will nicht mehr zurück."

„Was meinst du damit?", fragte Ava.

„Die Militärpolizei sucht doch bestimmt schon nach mir. Ich weiß nicht, wie ich das mit Lia erklären soll. Sie war nackt in meinem Bad, über und über mit Blut bedeckt. Das wird eine unangenehme Untersuchung werden. So habe ich mir meine letzten Jahre nicht vorgestellt."

Ava nickte.

„Aber einfach weglaufen geht nicht. Was willst du hier draußen in der Steppe? Hier gibt es keinen Supermarkt. Du brauchst Essen und Trinken. Wie soll das funktionieren? Komm wieder nach unten. Wir können das klären. Ich helfe dir bei dem Verfahren."

„In dem Steinsarg habe ich Essen und Trinken. Aber will ich da unten wirklich meine letzten Tage verbringen? Niemals!"

Norman war aufgewühlt.

„Du kannst immer noch hier raufkommen. Überleg dir gut, was du willst. Wenn du wirklich weg willst, solltest du das vorher genau planen."

Dann nahm sie seine Hand. Widerwillig ging Norman mit Ava wieder zurück. Als sich der

Stahldeckel über ihm schloss, fühlte er, wie ein dunkler Schatten auf seine Seele geworfen wurde.

Kaum waren sie unten angekommen und in den Bürotrakt zurückgekehrt, sahen sie schon die Sicherheitskräfte auf Norman warten.

„Wo waren Sie?", fragte ein Sicherheitsoffizier mit dünnem Schnauzbart. „Wir konnten Sie nicht finden. Kommen Sie, wir haben eine Menge Fragen."

Sie eskortierten Norman in ein Besprechungszimmer. Der Sicherheitsoffizier setzte sich ihm gegenüber.

„Was ist mit Lia Vanné geschehen?", fragte er.

Obwohl das Licht wie immer war und auch die Möbel die gleichen wie in den anderen Räumen, spielte sich in Normans Kopf eine Verhörszene ab, wie er sie Tausende Male in Filmen gesehen hatte. Das Licht war zu hell, die Möbel rochen nach dem Angstschweiß anderer Gefangener und der Mann, der ihn verhörte, hatte sich gerade die Hände vom Blut einer Folterung gesäubert.

„Sie hat sich erstochen", sagte Norman.

Seine Stimme zitterte. Er begann zu schwitzen. Der Mann nannte seinen Namen nicht. Er schrieb auf, was Norman sagte.

„In welchem Verhältnis standen sie zu ihr?"

„Verhältnis? Sie ist mir nachgelaufen."

„Hatten Sie intime Kontakte?"

Frankreich, Paris, 1. August

Endlich war Nicolas wieder da. Zoe hatte verzweifelte Tage hinter sich. Solange sie arbeitete, vergaß sie alles andere. Aber wenn sie eine Pause hatte oder nach Hause ging, griff die Angst nach ihr. Nun war es besser. Nicolas umarmte sie und gab ihr das Gefühl, nicht mehr alleine zu sein.

In den letzten Jahren war Zoe auf niemanden angewiesen gewesen und sie hatte auch niemanden vermisst. Seitdem ein Baby in ihr heranwuchs, war das jedoch anders. Sie wollte Sicherheit und eben die gab es nun noch weniger als sonst. Deswegen entschloss sie sich zu einem Schritt, den sie bisher vermieden hatte: Sie weihte Nicolas ein.

„Ich bekomme ein Kind", sagte sie ihm.

Sein Gesicht zeigte die bei Männern übliche Mischung aus Erstaunen und Hilflosigkeit.

„Herzlichen Glückwunsch", rang er sich schließlich ab.

Zoe zögerte kurz, aber dann sagte sie es.

„Es ist von dir, Nicolas."

„Bitte was? Das kann nicht sein! Wir haben uns doch kaum gesehen."

„Dafür hat es gereicht. Ich bin jetzt im dritten Monat. Du kannst dir ausrechnen, welches Wochenende es war."

„Wie konntest du mir so etwas verheimlichen?"

Nicolas stand auf und lief auf und ab.

„Ich habe doch ein Recht zu wissen …"

Er brach den Satz ab.

„Es ist auch egal. Jetzt weiß ich es. Ich habe auch verstanden, dass ich nicht dein Traummann bin. – Nun hast du es mir aber doch gesagt. Und ich werde nicht nur der biologische Vater des Kindes sein!"

Zoe lächelte zufrieden. So einen Mann brauchte sie jetzt. Sie umarmte Nicolas und küsste ihn. Nicolas hatte ihr schon verziehen.

Es fühlte sich anders an, als er Zoe an diesem Abend durch die Haare strich. Sie trug sein Kind. Für Nicolas hatte das etwas Magisches, unendlich Wertvolles.

„Ich muss Geld verdienen", sagte Nicolas. „Wie kann ich das in Paris wohl anstellen? Für meine Agentur kann ich hier bestimmt nicht arbeiten."

„Ich besorge dir einen Job über Liotard. Er ist mir einen Gefallen schuldig."

„In sechs Monaten wirst du mit der Arbeit aufhören müssen. Was soll dann werden? Es gibt vielleicht keine staatlichen Krippen, keine Kinderbetreuung mehr."

„Ich wollte ein Kind, jetzt werde ich mich auch darum kümmern. Die wichtigsten Dinge für Liotard sollte ich bis dahin erledigt haben. Die Gewerkschaften unterstützen ihn. Und bald wird er auch von den Regierungsbeamten den entsprechenden Support bekommen. Dann braucht er mich nicht mehr. Gute Projektmanager gibt es überall."

„Aber dann sollte ich mich dringend um den Unterhalt für uns bemühen."

„Zu zweit wird es gehen."

Zoe war froh. Sie nahm Nicolas' Hand und legte sie auf ihren Bauch.

Als Zoe am nächsten Abend nach Hause kam, fragte sie Nicolas: „Hast du Lust auf einen Spaziergang?"

„Gerne."

Sie schlenderten am Ufer der Seine entlang. Die Beleuchtung der Brücken war erloschen. Die Romantik war durch schwarze Dunkelheit abgelöst worden. In den unteren Bereichen lagen viele Obdachlose. Aber an der höher gelegenen Promenade glitzerte der Mond auf dem Wasser und alles schien fast wie immer.

„Was konntest du bei Liotard erreichen?", fragte Nicolas.

„Er war nicht begeistert, weil ich nicht die Einzige bin, die ihn um Hilfe bittet. Dann habe ich ihm deutlich gesagt, dass er mich ohne dich nicht mehr haben kann. Das hat ihn überzeugt."

Nicolas musste lächeln, als er sich den etwas zerknautschten Liotard vorstellte. Aber seine Gedanken wurden unterbrochen. Ein schwarzer Transit raste an der Promenade entlang und hielt mit quietschenden Reifen neben ihnen. Nicolas spürte den Impuls zu fliehen, aber es war schon zu spät. Kräftige Arme zerrten sie ins Wageninnere, fesselten sie und zogen ihnen schwarze Kapuzen über den Kopf.

Instinktiv versuchte Zoe ihren Bauch zu schützen. Aber sie wurde nicht weiter angegriffen. Niemand im Transit sprach. Sie hörte Nicolas atmen und wurde ruhiger.

Der Wagen fuhr gemächlich. Nach rund einer halben Stunde hielten sie und stiegen aus. Die Kapuzen wurden ihnen abgenommen und sie standen vor einer alten Gießerei.

Ein stämmiger, großer Mann mit blonden Stoppelhaaren und roter Gesichtshaut empfing sie.

„Entschuldigen Sie die Behandlung", sagte der Mann mit einer aggressiven Stimme. „Wir haben nichts gegen Sie persönlich. Aber das französische

Volk braucht Patrioten, keine Verräter. Und Verrat hat immer auch eine persönliche Komponente."

Er nickte den anderen kurz zu. Sie brachten die beiden in einen Raum mit einem kleinen, vergitterten Fenster. Es roch nach Angst und getrocknete Blutflecken zeugten von erlittenen Schmerzen. An der Wand hing eine überdimensionale französische Fahne.

Ein kleiner Mann mit breitem Rücken und einer Narbe auf der Stirn befreite sie von den Fesseln und stieß sie unsanft auf den Boden. Dann schloss er die Tür ab und ließ sie alleine in dem kahlen Raum.

Nicolas nahm Zoe in den Arm. Für einen Augenblick vergaß sie alles und erinnerte sich an die Geschichte des kleinen Prinzen, drehte in Gedanken einige Runden um einen kleinen Planeten mit eigensüchtigen Menschen und verlorenen Sehnsüchten.

Nicolas riss sie aus ihren Gedanken.

„Diese nationalistischen Schweine", sagte er wütend und trat gegen die Wand. „Wie kommen wir hier raus?"

„Sie werden uns töten, nicht wahr, Nicolas?"

„Ach was! Denen geht es um Lösegeld."

„Was sollen sie sonst tun, außer uns zu töten?", fuhr Zoe fort. „Niemand würde für uns Lösegeld zahlen."

Diese Erkenntnis sickerte allmählich in ihr Bewusstsein. Und machte sie wieder klar. Die andere Zoe tauchte auf, die Zoe, die in Verhandlungen immer überzeugte, die messerscharf analysieren konnte und in kritischen Situationen einen Ausweg fand.

„Wie viele Personen haben wir gesehen?", fragte sie.

„Spielt das eine Rolle?"

„Bei einer Flucht spielt alles eine Rolle."

„Ich habe sechs gesehen."

„Sechs Personen. Nehmen wir an, dass wir im Augenblick ihre einzigen Gefangenen sind. Uns hier in einem Hinterraum lautlos zu töten, kann kaum in ihrem Interesse sein. Sie müssen unseren Tod dokumentieren, damit die Öffentlichkeit weiß, was mit Verrätern passiert."

Zoe legte ihr Ohr an die raue und kalte Metalltür. Man konnte Stimmen hören.

„Sie sprechen über uns", sagte sie und gab Nicolas ein Zeichen ganz still zu sein.

Er versuchte aus ihren Augen zu lesen, was wohl der Inhalt des Gespräches sein konnte. Nach einigen Minuten war das Gespräch beendet.

„Ich habe nur die Hälfte verstanden. Sie wollen uns wegfahren und umbringen. Ich bin mir nicht sicher, ob ich ‚Louvre' gehört habe. Jedenfalls soll es wohl nicht hier passieren."

„Weit aus Paris können sie uns nicht gebracht haben, dazu sind wir nicht lange genug gefahren."

„Aber sie werden uns wieder in die Innenstadt fahren. Das ist unsere Chance. Wir müssen jemanden benachrichtigen. Die Typen haben doch alle Mobiltelefone. Vielleicht können wir eins davon kriegen."

Nicolas hob ungläubig die Augenbrauen.

„Wie soll das denn gehen?"

Zoe erklärte ihm ihren Plan.

„Ziemlich riskant", kommentierte Nicolas, hatte aber auch keine Alternative zu bieten. Also beschlossen sie, einen Versuch zu wagen.

Der kleine Mann mit der Narbe kam vorbei, um ihnen Wasser hereinzustellen. Als er eintrat, stellten sie sich so hin, dass er nur einen von ihnen im Blick haben konnte. Als er wieder zur Tür zurückging, sprang Nicolas ihn an. Der Mann stürzte – weniger durch die Kraft des Sprungs, als durch die Überraschung. Zoe sprang hinterher, aber im gleichen Moment kamen, vom Lärm alarmiert, die anderen Bewacher hereingestürmt und schossen mit Maschinengewehren einige Salven ab. Sofort ließen Zoe und Nicolas von dem Mann ab.

„Das werdet ihr büßen", sagte der Wächter wütend und warf die Tür hinter sich ins Schloss.

Nicolas und Zoe begannen sich laut zu streiten, um das Theater perfekt zu machen. Dann zog Zoe das Handy triumphierend aus ihrer Hosentasche, tippte in rasender Geschwindigkeit eine SMS, löschte diese nach dem Senden und warf das Handy dann durch die Gitterschlitze der Tür. Durch das Geräusch kam einer der Wächter wieder an die Tür.

„Hier liegt dein Handy", rief er dem anderen zu.

„Ich werde ihnen die französische Flagge ins Gesicht schneiden."

Es war weniger die Brutalität seiner Worte als vielmehr die Stimme, die ihnen Angst machte.

„Wem hast du geschrieben?", flüsterte Nicolas.

„Liotard und meinem Vater."

Am nächsten Morgen wurde die Tür zu ihrem Gefängnis aufgerissen. Die Männer stürmten in den Raum, stießen Zoe und Nicolas grob auf den Boden und fesselten sie. Dann zerrten sie die beiden in den Wagen und zogen ihnen wieder die Kapuzen über den Kopf.

Norwegen, Spitzbergen, 1. August

Als Norman endlich wieder aus dem Raum durfte, war er schweißgebadet. Und er hatte eine elektronische Fessel an seinem Bein.

„Was soll das?", fragte Ava, als er sie aufsuchte.

„Wegen der Fluchtgefahr, haben sie gesagt. Immerhin wäre ich direkt nach dem Tod von Lia verschwunden. Mit dem Ding können sie mich orten."

Ava sah ihn etwas länger an.

„Sie verdächtigen dich ernsthaft. Ich habe das für mich ,Apophis-Paranoia' getauft. Die Leute werden hier einfach anders im Kopf."

Sie sah nachdenklich auf seine Fußfessel.

„Kann man denn den Sender auch außerhalb von Sig3 orten?"

Über Normans Gesicht huschte ein leichtes Lächeln.

„Das kann ich mir nicht vorstellen. Wir sind hier hundert Meter unter Granit. Das Ortungssystem ist bestimmt hier unter dem Gestein installiert. Durch den Granit kommen die Radiofrequenzen nicht durch. Und warum sollten sie außerhalb von Sig3 so ein System installieren?"

„Vielleicht bin ich einfach etwas überdreht", sagte Ava. „Aber ich glaube, es ist besser, wenn wir gehen. Gleich. So, wie ich die Sache sehe, werden sie dich hier einschließen, bis die verdammten Meteoriten auf deinen Kopf fallen."

„Das glaube ich auch", stimmte Norman zu. „Aber wenn sie mich wirklich suchen, dann finden sie mich auch ohne Peilsender. In der Umgebung hier bin ich so leicht wie ein Leuchtturm zu finden."

„Falls man dich wirklich draußen sucht. Niemand weiß, dass man nach draußen kommen kann, das ist unser Vorteil. Und jetzt geh und pack deine Sachen, bevor ich mir es anders überlege."

Norman öffnete seinen Mund.

„Später", unterbrach ihn Ava.

Norman lief in sein Zimmer zurück und packte das Notwendigste in einen kleinen Rucksack. Er musste daran denken, wie er vor zweieinhalb Monaten hierher gezwungen wurde. Die Zeit in Sig3 hatte ihn verändert, mehr als er es sich hätte vorstellen können.

Eigentlich hatte er sich auf ein tristes Forscherdasein unter der Erde eingestellt. Nun war er auf der Flucht, hatte einen Menschen gefunden, mit dem er etwas teilen wollte, und wusste endlich, dass in seinem Universum nicht alles leer war.

Ava war mit den Herausforderungen ihrer Flucht beschäftigt. Sie lief vorneweg und war sehr froh, Sigma 3 hinter sich gelassen zu haben. In Sigma 3 konnte Norman überall geortet werden und sobald er aus dem Ortungsbereich verschwunden war, würde die Suche beginnen. Sie hatten also nicht viel Zeit. Vielleicht hatten sie Glück und man würde anfangs einen Defekt an der elektronischen Fessel vermuten. Aber viel Vorsprung gab ihnen das nicht.

„Wir müssen schnell Wasser finden", sagte Ava. „Unsere Energieriegel reichen noch ein paar Tage."

Norman stieg auf einen kleinen Hügel, von dem aus man eine gute Übersicht hatte.

„Da drüben kann ich einen Teich oder so etwas erkennen", sagte er.

Als sie näher kamen, erkannten sie einen kleinen See. Das Wasser war zwar am Ufer schlickig, aber wenn man ein Stück ins Wasser hineinging, konnte man klares Wasser schöpfen.

„Vielleicht können wir einen Frosch fangen", schlug Norman vor.

Ava zog ein Gasfeuerzeug aus der Hosentasche.

„Dann wäre der Abend gerettet. Froschschenkel mit edelstem Teichwasser!"

Sie lachten. Beiden war klar, dass sie eine schwierige Zeit vor sich haben würden.

Für die erste Nacht hatten sie einen Platz gefunden. Als die Dämmerung hereinbrach, legten sie sich in einen Schlafsack. Aber einschlafen konnten sie lange nicht, weil ihnen mit jeder weiteren Minute, die sie im Freien verbrachten, bewusster wurde, auf was sie sich eingelassen hatten.

Es war fürchterlich kalt, als sich Norman und Ava im Morgengrauen müde aus dem Schlafsack schälten. Sie waren die Kälte unter dem freien Himmel nicht gewohnt. Ihre Körper protestierten.

„Am besten, wir laufen, sonst kühlen wir total aus", sagte Norman.

„Vielleicht wäre es besser, hier an dem See zu bleiben", meinte Ava. „Hier haben wir alles, vor allem Wasser."

„Aber wir werden nicht genug haben, um zu überleben. Vor allem ist es zu kalt."

„Das stimmt."

Sie packten rasch ihre Sachen zusammen und machten sich auf den Weg durch die unwirkliche Steppe im Sonnenaufgang.

Nach einigen Stunden taten ihnen die Füße weh, aber ihnen war warm geworden. Sie tranken aus ihren Flaschen und aßen von den Energieriegeln, die sie mitgenommen hatten.

„Was sollen wir machen, wenn wir eine Stadt erreichen?", fragte Norman. „Meinst du, man kann dort noch leben?"

„Wir wollen ja keinen Urlaub machen", erinnerte ihn Ava. „Du stehst unter Mordverdacht!"

USA, Washington, D. C., 1. August

Li McNamara begrüßte Richard Brady freudig.

„Wir waren uns nicht sicher, ob Sie und Ms. Velasquez unverletzt sind. Nach dem Anschlag herrschte ein großes Durcheinander. Wir packen gerade unsere Sachen und ziehen in ein besser gesichertes Gebäude."

„Ms. Velasquez geht es gut. Sie möchte einige Tage aussetzen."

McNamara nickte. Er verstand den Druck gut, der auf den Teilnehmern lastete. Ihm ging es nicht anders.

Richard nahm seine Unterlagen vom Tisch, überlegte kurz und packte dann auch die Papiere von Maria dazu. Er fühlte sich für sie verantwortlich.

Anschließend gingen sie alle, begleitet von Sicherheitskräften, zu einem Reisebus und fuhren zu einem Regierungsgebäude. Es war mit hohen Zäunen und Überwachungskameras gut geschützt. Nachdem sie sich in einem der Räume eingerichtet hatten, räusperte sich McNamara.

„Wir haben zwei Monate lang diskutiert. Uns läuft die Zeit davon – vielmehr, der Welt da draußen läuft sie davon. Wir müssen eine Entscheidung treffen."

Plochnitz klopfte zustimmend auf den Tisch.

„Ich halte dieses ganze Geschwätz sowieso nicht mehr aus."

„Seien Sie nicht wieder so zynisch", unterbrach ihn Rasputin. „Dann schauen wir doch einfach, wer auf welcher Seite steht. Ich schlage vor, wir machen eine Testabstimmung."

„Eine gute Idee", stimmte McNamara zu. „Auf der einen Seite haben wir diejenigen, die glauben, dass auch in dieser extremen Situation der Markt mit seiner Selbstregulierung funktionieren wird, ohne dass wir von einem wirklichen Zusammenbruch sprechen müssen. Auf der anderen Seite gibt es die Vorstellung eines Paradigmenwechsels, den man mit dem Schlagwort ‚bedürfnisorientierter Devisenmarkt' umschreiben könnte."

Die Anwesenden nickten zustimmend. Dann bat McNamara jeweils um Handzeichen. Die Mehrheit war nicht sehr deutlich. Der bedürfnisorientierte Devisenmarkt hatte lediglich eine Mehrheit von zwei Stimmen.

Enttäuscht sprang Plochnitz auf.

„Wir machen einen großen Fehler", sagte er wütend.

„Es war nur eine Testabstimmung", gab McNamara zu bedenken.

„Es gibt keine bedürfnisorientierten Devisenmärkte", regte sich Plochnitz weiter auf. „Wir alle wissen doch, dass Geld etwas Eigenständiges ist, wie ein lebender Organismus."

„Das ist doch das Problem!", rief Richard. „Das Geld darf uns nicht bestimmen, sondern umgekehrt muss es sein. Die Menschheit verhungern zu lassen, ist keine Lösung, es ist das Problem."

„Ich bin uneingeschränkt Ihrer Meinung", sagte Jeremias Rasputin. „Die Währungen müssen an die Verfügbarkeit von Grundgütern und -leistungen gebunden werden. Ob MP3-Player unerschwinglich werden, spielt für mich keine Rolle."

„Dann arbeiten wir jetzt diesen Vorschlag aus", sagte McNamara. „Für die reine Marktvariante sind die Maßnahmen ohnehin bekannt. Bitte geben Sie Ihr Bestes für eine Alternative. Bedenken Sie, dass wir das nicht für uns selbst tun, sondern für sieben Milliarden Menschen da draußen."

„Wenn ich nicht zurückgekommen wäre", überlegte Richard Brady, „wäre die Testabstimmung wohl anders gelaufen. Ich hatte doch einen Einfluss."

Die Arbeitsgruppe riss ihn aus seinen Gedanken.

„Machen wir mal eine konkrete Beispielrechnung", schlug Rasputin vor. „In den Grundtopf der Basisprodukte gehört mit Sicherheit Soja."

Die anderen nickten.

„Sollen wir dann als Referenzwert die Sojaproduktion des vergangenen Jahres nehmen? Oder die prognostizierte? Oder konkrete Sojaprodukte wie Öl, Tofu oder Sojasoße?"

Er sah etwas ratlos in die Runde.

„Wir müssen etwas auswählen, das sich leicht in allen Kulturen kommunizieren lässt", sagte Richard. „Mir würde es gefallen, wenn wir einfach einen Korb aus lebenswichtigen Basisgütern als Grundlage nehmen."

„Das bedeutet, statt des Bruttosozialproduktes und der Goldreserven würden Länder ihre Währungen nach …"

„… Menge der produzierten Basisgüter und entsprechender Reserven festlegen."

„Aber wir können doch nicht ernsthaft in eine echte Planwirtschaft zurück", warf jemand ein.

„So würde ich das nicht beschreiben", sagte Richard. „Wir planen nicht die Wirtschaft, sondern die Währung. Die Preise, die nicht auf den Basisgütern beruhen, sind natürlich nicht festgelegt, ebenso wenig wie die Produktionsmengen."

„Könnte es dann nicht viel attraktiver sein, etwas anderes als Basisgüter herzustellen, weil dort die Preise nicht festliegen?"

„Ein guter Einwand", stimmte McNamara zu. „Wir haben in der Europäischen Union ein ganz gutes Beispiel in dieser Hinsicht. Die Preise für Grundnahrungsmittel werden zentral festgelegt. Der Anreiz für die Produzenten liegt im geschickten Nutzen von Subventionen. Wir müssten ein ähnliches System aufbauen."

„Allerdings ist der europäische Haushalt gerade durch die Agrarsubventionen besonders belastet worden und seit langem versucht man aus diesem Dilemma herauszukommen."

„Aus meiner Sicht", sagte McNamara, „geht es im Moment nicht darum, ein optimales System zu entwerfen, sondern etwas zu tun, das unserer Lage gerecht wird. Langfristig mag das nicht die effizienteste Ökonomie sein. Aber zu überleben, ist auch eine effiziente Strategie."

Frankreich, Paris, 3. August

Als das Fahrzeug hielt, wurden die Türen geöffnet und kühle Herbstluft strömte herein. Zoe hatte immer noch die Kapuze über dem Kopf, aber sie kannte die Geräuschkulisse: irgendwo in Paris, ein großer Platz.

Sie wurde heftig nach vorne gestoßen, bis sie auf ihre Knie fiel. Plötzlich wurde ihr die Kapuze vom Kopf gerissen. Sie waren auf den Champs-Élysées, am Arc de Triomphe, in der Mitte des Platzes. Zwei Pistolen waren auf ihre Köpfe gerichtet. Die Passanten standen mit entsetzten Gesichtern um sie herum.

Zoe suchte die Umgebung mit den Augen ab. Liotard oder seine Männer waren nicht zu sehen.

Der Chef der Gruppe begann eine nationalistische Hetzrede zu halten. Es war klar, dass sie am Ende sterben würden. Zoe hörte ein leises Zischen. Der kräftige blonde Mann stockte mitten in seiner Rede. Dann fiel er wie ein Baumstamm nach hinten. Wieder zischte es kurz. Die anderen Männer kippten ebenfalls um. Kleine Betäubungspfeile ragten aus ihren Körpern.

Nicolas und Zoe zögerten keine Sekunde und rannten um ihr Leben. Ein Transporter versperrte ihnen den Weg. Die Türen wurden geöffnet.

„Hier rein, Zoe", schrie jemand aus dem Inneren. Sie sprangen hinein und der Wagen raste los. Auf der hinteren Bank saßen zwei Männer.

„Hallo Zoe, ich bin Jean-Louis. Erinnerst du dich noch an mich? Du hast bei mir Reiten gelernt."

Völlig überrascht sah Zoe dem Mann ins Gesicht, der auf dem Beifahrersitz saß.

„Jean-Louis? Was machst du denn hier?"

„Dein Vater hat mich angerufen, nachdem du ihm die Nachricht gesendet hast. Ich arbeite in Paris bei einer Sicherheitsfirma. Seid ihr unverletzt?"

Sie nickten. Zoe wurde warm ums Herz. Jean-Louis war ihr alter Reitlehrer aus Kindertagen. Er brachte sie zu sich nach Hause.

„Hier könnt ihr erst mal bleiben. Bei deinen Eltern ist es im Moment nicht sicher genug."

Zoe war Jean-Louis und ihrem Vater unendlich dankbar. Liotard war nicht erreichbar. Vielleicht war er unterwegs oder hatte sein Handy einfach ausgeschaltet.

„Danke Jean-Louis", sagte sie. „Ohne deine Hilfe wären wir jetzt wohl tot."

„Mach ich doch gerne."

„Kannten Sie die Leute?", fragte Nicolas.

„Nein, aber im Moment gibt es ständig irgendwelche Splittergruppen, die sich wie Verrückte aufführen. Zum Glück sind die meisten Dilettanten und keine geschulten Söldner. Die würden sich solche Fehler nicht erlauben."

„Wie geht es meinem Vater?", fragte Zoe.

„Clarand? Am besten du fragst ihn gleich selbst. Er ist auf dem Weg hierher."

„Warum hat sich eigentlich Liotard noch nicht gemeldet?", fragte Nicolas.

„Meint ihr Jacques Liotard?"

Zoe und Nicolas nickten.

„Der hat im Moment andere Probleme. Er ist heute Morgen zum internationalen Leiter des Apophis-Programms ernannt worden und nach

Washington abgereist. Kevin Naphtalin hat wohl keine Mehrheit mehr hinter sich gehabt. Und Liotard ist mit unmittelbarer Wirkung im Amt eingesetzt worden."

„Von den Problemen hatte ich gehört", sagte Zoe. „Es ging um die geänderte Zeitplanung, die durch die neu berechneten Aufschlagsorte entstanden ist. Der internationale Krisenstab macht Naphtalin für die explodierenden Kosten verantwortlich."

Norwegen, Spitzbergen, 3. August

Sie verbrachten eine weitere Nacht in der eisigen Kälte, eng aneinandergedrängt und doch zitternd. Wieder standen sie in der Dämmerung auf und liefen sich warm. Ihre Essensvorräte waren inzwischen beinahe aufgebraucht und sie begannen Beeren zu essen, von denen sie nicht sicher waren, ob man sie essen durfte. Am Mittag musste sich Norman übergeben.

„Vielleicht wäre etwas Zivilisation gar nicht schlecht", meinte Ava zu ihm. „Ein Bauernhof zum Beispiel. Wir könnten dort arbeiten und hätten auf jeden Fall genug zu essen."

„Auf diese Idee sind bestimmt schon andere gekommen", sagte Norman. „Aber es wäre wahrscheinlich im Moment genau das Richtige."

„Kannst du wieder weiter?"

Norman nickte etwas gequält, stand aber dann doch recht zügig wieder auf den Beinen und sie liefen weiter. Doch auch an diesem Tag war nichts zu sehen als endlose Steppe. Am Abend legten sie sich hundemüde und hungrig in die Nische eines Felsens.

„Ob sie uns suchen?", fragte Norman in den kühlen und sternenklaren Nachthimmel.

„Wenn sie uns wirklich außerhalb suchen würden, hätten sie uns längst gefunden. In der Steppe sind wir bei einem Hubschrauberflug sogar aus großer Höhe gut sichtbar."

Sind drängten sich eng aneinander, weil es kälter wurde – aber nicht nur deswegen. In der frühen Morgendämmerung brachen sie ausgekühlt und hungrig auf. Nach einigen Stunden Fußmarsch stoppte Ava.

„Da drüben sehe ich Rauch", rief sie aufgeregt.

Es war nach drei Tagen Fußmarsch das erste Zeichen von anderen Menschen, das sie sahen. Der

Rauch war weit entfernt, aber ihre Stimmung änderte sich schlagartig.

„Das kann nur ein Bauernhof sein", sagte Norman. „Wer sollte hier sonst ein Haus haben?"

Sie liefen schneller, trotz Blasen an den Füßen und trotz Erschöpfung. Dann bestätigte sich ihre Hoffnung: Der Rauch kam tatsächlich aus dem Schornstein eines Bauernhauses.

Als sie durch das Gatter traten, begannen mehrere Hunde zu kläffen. Nur Sekunden später stürzten die Hunde sich auf die beiden Fremden. Die Tür des Bauernhauses wurde geöffnet und ein Mann mit kräftiger Statur begann einige Schüsse in ihre Richtung abzufeuern.

„Haut ab, ihr kriegt nichts von mir", schrie er wütend.

„Wir suchen Arbeit", rief Norman.

„Arbeit?", murmelte der Mann etwas leiser.

Offenbar irritierte ihn das Wort. Dann pfiff er durch die Finger und die Hunde ließen von ihnen ab.

„Wer seid ihr?"

„Wir haben uns verirrt", sagte Ava. „Wir kommen aus Öresund."

Der Mann lachte.

„Das ist die blödeste Lüge, die ich je gehört habe. Die Fußfessel kann man auf eine Meile sehen. Arbeit sucht ihr? Ist gut, kommt her."

Dann drehte er sich zu ihm um und rief in das Haus hinein: „Alles okay, die suchen Arbeit."

Norman und Ava kamen vorsichtig näher und schielten noch immer auf die Hunde. Sie schätzten den Mann auf der Veranda auf etwas über sechzig Jahre. Er hatte eine vom Wind gegerbte Haut. Seine Hände waren grob, seine Augen leuchteten.

„Hier treiben sich immer einige Soldaten herum", erzählte er. „Keine aktiven, ehemalige. Die plündern, was das Zeug hält. Deswegen gibt es für unangemeldete Gäste derzeit einen unfreundlichen Empfang."

Er führte sie in das Wohnzimmer.

„Das sind meine Frau, unsere drei Kinder und meine Schwester mit ihrem Mann. Sie kommen aus der Stadt und haben hier ein besseres Auskommen gesucht. Der Hof ist groß genug. Man muss aber hart arbeiten. In der Scheune gibt es noch zwei Schlafplätze. Bei Sonnenaufgang gehen wir raus."

Die Familie Larsson mit den drei Kindern stellte sich als ausgesprochen sympathische Gesellschaft dar. In den folgenden Wochenstellte sich bei Ava und Norman ein Gefühl von Normalität ein, das sie lange nicht gehabt hatten.

Die harte körperliche Arbeit fiel ihnen schwer. Aber sie vergaßen dadurch Sigma 3, sie vergaßen Apophis und plötzlich war in ihren Köpfen ganz viel Raum für unbeschwerte Gedanken.

Sie kicherten, wenn ein Strohballen vom Wagen fiel, und freuten sich, wenn sie abends hundemüde noch mit den Kindern spielten. Bisher hatte sie niemand gefragt, wo sie wirklich herkamen. Das änderte sich eines Abends im März des folgenden Jahres.

„Die suchen nach euch", berichtete Eric Larsson beim Abendessen. „Im Radio wurden eben eure Namen durchgesagt. Zwei Wissenschaftler aus dem Apophis-Programm. Das seid ihr, oder?"

Norman und Ava sahen sich kurz an.

„Ja", sagte Ava. „Wir haben damals einen Ausgang gefunden, der unbewacht war. Jeder, der einmal in Sigma 3 reinkommt, muss bis zum Abschluss des Projekts dort bleiben."

„Und man kann sich seine Teilnahme nicht aussuchen", ergänzte Norman.

„Ich verstehe euch gut", sagte Larsson. „Trotzdem könnt ihr nicht hierbleiben. Nicht, dass ihr das falsch versteht. Was immer ihr ausgefressen habt, ist mir egal. Für mich zählt das Hier und Heute. Und ihr seid gute Menschen. Aber wenn im Radio nach euch gesucht wird, dann werden sie bald kommen. Wenn sie euch hier finden, werden wir vielleicht bestraft werden. Das dulde ich nicht. Ich werde meine Familie beschützen. Deswegen müsst ihr gehen. Morgen früh. Nehmt euch mit, was ihr braucht. Aber morgen früh müsst ihr verschwunden sein."

Die unbeschwerte Stimmung von Ava und Norman war schlagartig verschwunden. Sie setzten sich mit Sorgenfalten in die Scheune.

„Was ist bloß geschehen", fragte Norman, „dass sie nach all den Monaten jetzt so aufwendig nach uns suchen? Wir müssen schnell hier weg. Das hört sich nicht gut an.

„Beeilen wir uns", sagte Ava. „Wir bringen die ganze Familie in Gefahr."

Am nächsten Morgen hatten sie sich ein dickes Bündel gepackt. Diesmal waren sie besser auf das eingestellt, was sie in der Natur erwarten würde. Der Abschied war schwer, aber sie hatten nur wenig Zeit.

USA, Washington, D. C., 8. August

Richard war schon früher als vereinbart am Treffpunkt. Er sah Maria aus der Entfernung kommen, sie humpelte. Er lief ihr entgegen und sah, dass sie verletzt worden war.

„Entschuldige meine Verspätung", sagte sie.

„Was ist passiert? Hat dich jemand angegriffen?"

Sie nickte.

„In der Nacht kamen zwei von den Obdachlosen. Ich hatte abgeschlossen und sie machten Lärm, als sie rein wollten. Als ich sie mit einem Holzprügel verjagt habe, habe ich selbst auch Tritte abbekommen und bin gefallen."

„Das ist doch kein Leben für dich", sagte Richard. „Du bist Devisenmaklerin. – Wie wäre es, wenn du bei mir unterkommst? Und wieder zurück in den Krisenstab kommst, wir brauchen dich."

„Ich wollte aber …"

Marias Stimme stockte. Sie hatte keine Energie mehr für Diskussionen. Richard hatte recht. Sie war nicht in der Lage, in diesen Zeiten allein zu leben. Sie lehnte sich an Richards Schulter und träumte davon, dass nun alles gut werden würde. Schließlich gingen sie langsam zurück zu dem Regierungsgebäude, in dem Richard und die anderen inzwischen untergebracht waren.

„Wir sind dabei, wirklich sinnvolle Maßnahmen zu entwickeln. Wenn es dir nicht gefällt, kannst du immer noch gehen."

Richard brachte sie in sein Zimmer und ließ ihr ein Bad ein. Hätte er das Bad als Privatperson zahlen müssen, wäre aufgrund der Energiepreise inzwischen das halbe Monatsgehalt eines einfachen Arbeiters fällig. Doch dieses Bad ging auf Kosten einer Regierung, die ohnehin bankrott war.

Darüber dachte Maria nicht nach, als sie in das heiße Wasser glitt und sich ihr Körper zu entspannen begann.

Am nächsten Tag begannen sie, die Sitzung für die Finanzminister vorzubereiten. Eine Sitzung, die alles verändern würde. Das Geld würde zurückkommen, aber es würde nicht mehr in die reichen Länder fließen.

TEIL 2

USA, New York, 18. Februar

Das erste Geld aus Metall war rund zweitausend Jahre vor Christus verwendet worden. Allerdings hatte es sich dabei nicht um Münzen in unserem heutigen Sinn gehandelt, sondern um Metallklumpen. Die ersten Münzen aus Silber wurden auf die Zeit um sechshundert vor Christus datiert. Sie waren aus Bronze gefertigt worden. Anfangs hatten sie keine große Rolle gespielt. Erst eineinhalb Jahrtausende später hatten Münzen den Tauschhandel in Griechenland zunehmend abgelöst. Die wertvollen Münzen wurden nun aus Silber gefertigt, die kleineren aus Kupfer. Und seit Alexander dem Großen hatte man begonnen, Herrscherbilder auf die Münzen zu prägen.

Doch die Geschichte des Metallgeldes war sehr wechselhaft gewesen. Immer wieder waren die Reiche und damit die Prägeinstitutionen zerfallen.

Der Tauschhandel hatte immer wieder die Oberhand gewonnen oder war mithilfe von Metallbarren durchgeführt worden.

Erst mit dem Entstehen der Manufakturen und der späteren Industrialisierung war der Tauschhandel verschwunden, die Zeit der abstrakten Zahlungseinheiten hatte begonnen. Die Münzen wurden nun nicht zur Werterhaltung aus edlen Metallen gefertigt, sondern nach praktischen Gesichtspunkten. Inzwischen wurden neben Nickel und Kupfer eine Vielzahl von Metallen beigemischt, um die gewünschten Eigenschaften zu erreichen.

Doch Münzen waren schwer. Und die Ausbreitung des Geldes war schon früh von einer anderen Erscheinung begleitet worden: der Banknote. Die ersten Banknoten hatte man im dreizehnten Jahrhundert in China gedruckt. Sie waren eine Ergänzung der Münzen gewesen, die knapp geworden waren. Später hatte man Banknoten gebraucht, um bei höherer Inflation überhaupt noch einen größeren Betrag transportieren zu können.

Anfangs hatte man Banknoten tatsächlich auf Papier gedruckt. Doch dieses Material riss leicht, war sehr feuchtigkeitsanfällig und nicht sehr flexibel. Daher war man auf die Suche nach Alternativen gegangen. Reine Baumwolle war ein angenehmes Material. Es hatte darüber hinaus die Eigenschaft hoher Festigkeit bei gleichzeitiger Flexibilität. Deswegen wurden in vielen Ländern Banknoten aus Baumwolle hergestellt. Bei sehr anspruchsvollen äußeren Bedingungen, wie etwa in den Tropen, griff man auf die in der Herstellung teureren Polymere zurück. Diese Banknoten waren noch länger haltbar, erhöhten den Preis für die Herstellung jedoch deutlich.

Neben den aufwendigen Tiefdruckverfahren wurde eine Vielzahl von Materialien als Sicherheitsmerkmal eingearbeitet. Das begann bei Prägungen, ging über Hologramme und silbrige Fäden bis hin zu fluoreszierenden Flüssigkeiten.

Die moderne Banknote war ein komplexes Produkt. Dennoch entsprach ihr Material- und Herstellungswert nicht annähernd dem Tauschwert. Wie konnte man diese Differenz rechtfertigen?

Geldscheine repräsentierten einen anderen Wert. Sie standen für ein kleines Stückchen der Wertschöpfung und des Besitzes eines Landes. Eine Währungszone wie etwa die Eurozone garantierte über eine zentrale Bank, dass nur eine bestimmte Menge an Geldscheinen verfügbar war. Dagegen hielt man den Wert, den das Land etwa in Form der gesamtwirtschaftlichen Leistung hatte, und konnte auf diese Weise den Wert einer einzelnen Geldeinheit festlegen.

Richard zündete einen Packen Dollarscheine an und warf ihn in seinem New Yorker Penthouse in die Flammen des Kamins.

„Dafür kriege ich nicht mal mehr einen Kaugummi", sagte er.

„Wer braucht schon Kaugummi?", meinte Maria.

„Jetzt ist genau das passiert, was wir verhindern wollten."

Frankreich, Cevennen, 21. Februar

Erst schrie Zoe, dann das kleine Menschlein. Sie hatte ein Mädchen geboren. Nicolas strahlte stolz, als er das Kind in seinem Arm hielt. Es würde Miou heißen.

Sie hatten überlegt, ob sie für die Geburt nach Spanien reisen sollten, weil die Krankenhausausstattung dort noch deutlich besser

war als in Frankreich. Spanien war nun mit
Abstand das lukrativste Land Europas. Früher als
Produzent von Obst und Gemüse verrufen, wurde
nun genau dieser Umstand zum Vorteil.

Letztlich hatte ihnen der Gynäkologe jedoch
versichert, es gäbe keinerlei Risiken und sogar eine
Hausgeburt wäre denkbar. Eine Hebamme hatte
die Geburt dann tatsächlich zu Hause
durchgeführt.

Miou schlief schon bald wieder ein und Zoe lag
erschöpft in ihrem Bett.

Kroatien, Pristina 21. Mai

Er drückte in der Dämmerung auf den
Lichtschalter. Es tat sich nichts. Nachdem Jeremias
festgestellt hatte, dass auch die anderen elektrischen
Geräte nicht funktionierten, sah er im
Sicherungskasten nach. Alles schien in Ordnung.
Nun erst bemerkte er, dass in den anderen Häusern
ebenfalls kein Licht brannte.

Er stellte das batteriebetriebene Transistorradio an. Die Durchsage war auf allen Sendern: Der Strom wurde rationiert. Erst bei völliger Dunkelheit erhielten Privathaushalte wieder Strom.

Jeremias Rasputin war wütend. Die Entscheidung war falsch. Lediglich die Devisenmärkte waren reguliert worden. Andere ökonomische Parameter blieben unangetastet. Er hielt das für falsch. Aber insbesondere hielt es auch Mr. Lascik für falsch. Lascik hatte ihm für eine Entscheidung zugunsten einer Planwirtschaft sehr viel Geld und Macht angeboten. Jeremias wusste, dass er nicht der einzige war, dem viel Geld versprochen worden war. Dennoch war die Entscheidung in die andere Richtung gefallen. Wie hatte das geschehen können?

Die alten Seilschaften überdauerten alle Krisen. Atombomben oder Meteoriten waren keine Bedrohung für sie. Der Beamtenapparat aus der alten Sowjetunion und dem maoistischen China – sie hatten nie aufgehört zu arbeiten. Heute besaßen China und Russland durch den Rohstoff-Boom zu Beginn des einundzwanzigsten Jahrhunderts enorme Finanzmittel.

Das alleine hätte Jeremias und die anderen nicht überzeugt, für diese Regierungen zu arbeiten. Sie hatten bereits mehr Geld, als sie jemals würden ausgeben können. Aber die Aussicht auf Macht, sehr viel Macht, war reizvoll. Man konnte sich Macht nur indirekt mit Geld kaufen. Und Jeremias träumte von dem Gefühl, dass er über Menschen bestimmen konnte. Die Entscheidung in Washington war eine herbe Niederlage gewesen. Aber er würde nicht aufgeben.

Er griff zum Telefonhörer. Am anderen Ende der Leitung meldete sich eine Frau auf russisch. Sie war keine Russin und hatte daher einen starken Akzent. Schnell wurden sie sich einig und verabredeten sich für den folgenden Tag.

Es war inzwischen nicht mehr so einfach, sich ungestört in einem Café zu treffen. Es war teuer und deswegen eine Art von Luxusbeschäftigung. Aber Li Wang wäre auch in einem überfüllten Café nicht zu übersehen gewesen. Sie war für eine Asiatin einfach zu groß. In einem gepflegten Kostüm trank sie einen Milchkaffee und aß dazu ein Stück Kuchen, wie man es auch früher getan hätte. Die Leute, die sie durch die Scheibe des Cafés sahen, hielten sie für dekadent. Sie hatten recht. Wang war die Tochter des chinesischen Konsuls in Moskau. China und Russland hatten durch ihren Rohstoff-Reichtum und den Umstand, dass sie ein Drittel der Erdbevölkerung auf sich vereinten, eine überaus gewichtige Stellung. Das drückte Li Wang durch ihre Körperhaltung aus.

Jeremias Rasputin setzte sich zu ihr und bestellte ebenfalls.

„Diese Niederlage ist für mich nicht hinnehmbar", sagte er. „Ich schlage großflächige Destabilisierungsmaßnahmen vor. Wir sollten die Energieversorgung stören und den IWF gezielt in Misskredit bringen. Dann wird der ganze Kontrollwahn in sich zusammenbrechen."

„Warum sollten wir glauben, dass Sie diesmal erfolgreicher sein werden?", fragte Wang unverhohlen. „Ehrlich gesagt war ich mir unsicher, ob der Kaffee hier nicht eine verschwendete Investition ist. Allerdings schmeckt er sehr gut. Von daher bin ich nachsichtig gestimmt."

„Was soll ich sagen? Bedenken Sie, dass ich nicht aus finanziellen Gründen hier bin. Vergessen wir die verlorene Schlacht und gewinnen wir den Krieg."

Li Wang nickte.

„Diesmal brauche ich mehr Handlungsfreiheit."

„Sie haben volle Handlungsfreiheit, aber wir werden Ihnen keine Rückendeckung geben."

Rasputin trank seinen Kaffee aus und verließ das Café. Er war zufrieden.

Norwegen, bei Spitzbergen, 21. Mai

Ava und Norman sahen in den Nachthimmel. Die Sterne leuchteten in ihren Augen besonders hell, weil ihre Körper noch aufgewühlt waren. Sie fielen manchmal wie Tiere übereinander her. Dann dauerte es einige Minuten, bis sie wieder ruhig wurden. So wie in dieser Nacht.

„Hättest du gerne Kinder?", fragte Norman.

„Manchmal", antwortete Ava. „Aber eigentlich auch wieder nicht. Und du?"

„Auf keinen Fall. Vielleicht hätte ich früher, vor Apophis, noch Kinder gewollt. Aber jetzt nicht mehr. – Bald werden wir ihn mit bloßen Augen sehen können, den Schwarm."

„Was wohl aus Sig3 geworden ist?" fragte Ava. „Wir haben viel Glück gehabt, seit wir von dem Bauernhof weg sind."

„Das stimmt. Wenn du die kleine Hütte nicht gesehen hättest, hätten sie uns bestimmt gekriegt. Ich frage mich noch immer, warum sie meine elektronische Fessel nicht orten konnten."

„Wie lange sind wir jetzt hier, zwei Monate?", fragte Ava. „Ich muss immer wieder an Sig3 denken", fügte sie hinzu. „Was machen sie dort nur?"

„Man wartet auf das Ende. Aber es wird anders kommen, als man denkt. Die Berechnungen sind sehr komplex und je näher der Schwarm kommt, desto mehr Daten stehen zur Verfügung. Damit stehen auch immer mehr Parameter zur Verfügung und die Zeit wird immer kürzer."

„Ich meinte nicht das Projekt. Was machen die Menschen da unten? Suchen sie uns noch? Haben sich noch mehr umgebracht?"

Norman hatte versucht, den Tod von Lia ganz aus seinem Gehirn zu löschen. Seine Schuldgefühle waren immer noch stark, trotz Avas Nähe, trotz der Anstrengungen auf der Flucht.

Vereinigte Arabische Emirate, Dubai, 25. Mai

Astor McNeal hatte nur noch wenig Bargeld.
Als die große Inflation sich angedeutet hatte, hatte
er begonnen, die größeren Bestände aufzulösen
und dafür Immobilien gekauft. Nicht etwa Häuser,
sondern große Ackerflächen, auf denen man gut
Weizen oder Soja anbauen konnte. Ihm war sofort
klar gewesen, dass bei einer Inflation der Wert von
Ackerland steigen würde. Die Investments in
Energievorräte ließ er bestehen. Es waren die
reinsten Goldgruben.

Er war auf dem Papier einer der fünf reichsten
Menschen der City. Aber es bedeutete nichts mehr.
Niemand interessierte sich für großen Reichtum.
Alle sprachen vom Überleben der Menschheit und
schmiedeten ihre eigenen Pläne. An jeder Ecke
wurde man von selbst ernannten Sektenführen
angesprochen und das edle Ambiente der City war
wie Eis in der Sonne dahingeschmolzen.

McNeal bedauerte das sehr. Man konnte nicht sagen, dass er darunter litt, weil sein Reichtum ihn vor echtem Leiden bewahrte. Aber dennoch konnte er in diesem Umfeld einer seiner Lieblingsbeschäftigungen nicht nachgehen: zu protzen. Als Person war er nicht sonderlich auffällig. Lediglich einige Insider kannten den sechzigjährigen Herren mit dem gepflegten Erscheinungsbild. Aber er hatte seine Statussymbole bei jeder Gelegenheit gezeigt und sich auf diese Weise einen Ruf verschafft.

Was ihn aber wirklich ärgerte, war der Umstand, dass er nicht in das Gremium von McNamara berufen worden war. Ausgerechnet als die Welt Männer von großem Format gebraucht hatte, war er nicht gefragt worden. Früher hatte ihn so etwas nicht gestört, aber dieses eine Mal wäre er gerne gefragt worden, vielleicht hätte er sogar abgelehnt.

Darum freute er sich, als er nun seinem guten Bekannten Mahmut Jerhaba gegenüber saß. Sie hatten sich seit der Apophis-Hysterie aus den Augen verloren.

Mahmut stammte aus einer Erdöldynastie. Früher hatte man Ölanlagen gebaut, heute überwiegend Solar- und Windanlagen. Wie viele andere ehemals einflussreiche Vermögende, litt er unter der neuen Bedeutungslosigkeit. Niemand baute neue Ölanlagen und die arabische Halbinsel lieferte nur einen geringen Beitrag zum Apophis-Programm.

Jerhaba war kein Radikaler. Er würde für seine Ideen niemals töten. Er bevorzugte Auseinandersetzungen auf der ökonomischen Ebene und da war er bei McNeal an der richtigen Stelle. Sie hatten sich zu einem kurzen Treffen am Dubai Airport verabredet.

„Seit Monaten arbeite ich an einem Plan, um auf diese unsägliche neue Welt des IWF einzuwirken", begann Jerhaba. „Die Basis dafür wird die Kontrolle der Grundnahrungsmitteln sein. Ich nenne meine Freunde die ‚Sojapiranhas'."

Auf Astor McNeals Stirn stand ein großes Fragezeichen.

„Was hast du ausgeheckt?"

„Ich habe mich vor einigen Jahren an Agrotech beteiligt", erzählte Mahmut.

„Stammt nicht aus deren Labor ein Stoff, der das gentechnisch veränderte Soja abtöten kann?"

„Exakt. Sie haben hochwirksame Methoden im Labor entwickelt, um gentechnisch verändertes Soja durch Bakterien wieder absterben zu lassen. Damit sollte eigentlich die ungewollte Ausbreitung von verändertem Material eingedämmt werden…"

„… aber man könnte damit auch ganze Sojafelder verblühen lassen."

„Und damit die Sojaernte deutlich schlechter ausfallen lassen. Die Hungersnöte würden den IWF sofort in Bedrängnis bringen."

Auf den beiden Gesichtern lag ein breites Grinsen.

Deutschland, Ostsee, 2. Juni

Pünktlich zu den Abendnachrichten in den USA explodierten drei aufwendig gelegte Sprengsätze an der Gaspipeline zwischen Russland und Deutschland. Die Pipeline lag unter der Ostsee und es erforderte Spezialwissen, sie überhaupt aufzufinden, geschweige denn, in der entsprechenden Tiefe eine Sprengladung zu positionieren.

Die Ausweichpipelines waren alt und anfällig. Außerdem liefen sie durch politisch instabiles Gebiet. Die Versorgung war nicht akut gefährdet, der Gaspreis auf dem Schwarzmarkt stieg jedoch innerhalb weniger Stunden um vierzig Prozent. Die offiziellen Preise waren natürlich reglementiert. Aber die Haupteinnahmequelle der russischen Wirtschaft war gestört und es standen keine Marktmechanismen wie etwa eine Preiserhöhung zur Verfügung. Die russische Regierung wollte daher noch am selben Abend aus dem McNamara-System aussteigen.

Für diesen Fall waren schwerwiegende Sanktionen der anderen Länder angekündigt worden. Ein diplomatisches Gerangel auf höchster Ebene begann.

Jeremias Rasputin genoss die Zeit in grenzenlosem Luxus am Ufer des Schwarzen Meeres. Aber sein Lächeln entstand vor allen Dingen aus innerer Genugtuung.

Zur gleichen Zeit flog ein kleines Ein-Mann-Flugzeug über mehrere chinesische Sojafelder. Man hielt es für eines der vielen Flugzeuge, die Pflanzenschutzmittel versprühten. Doch aus den feinen Düsen wurde ein neuartiger Cocktail gesprüht, der den Pflanzen nicht bekommen würde. In wenigen Tagen würde alles vernichtet sein. Es war nicht das einzige Flugzeug, das über die riesigen asiatischen Sojafelder flog.

Das Lächeln von Astor McNeal in London stand dem von Jeremias Rasputin in keiner Weise nach.

Die Titelblätter waren nicht groß genug für die Schlagzeile. Der Präsident des Internationalen Währungsfonds hatte mit Geldern der internationalen Gemeinschaft ausgelassene Sex-Orgien mitten in Washington gefeiert. Die Presse zerriss sich das Maul und von den Kommentatoren wurde sofort die Frage gestellt, wie so ein Mann in der heutigen Zeit eine so wichtige Rolle einnehmen konnte.

Die Dementis wurden als geradezu lächerlicher Versuch gewertet, die Videos sprachen eine eindeutige Sprache. Schon in der Nacht wurde während einer Telefonkonferenz der entsprechenden Gremien der Rücktritt beschlossen. Dadurch kam die gesamte Führungsmannschaft in Rotation. Persönlichkeiten aus der zweiten Reihe standen plötzlich im Rampenlicht und mussten Entscheidungen treffen.

Schon nach wenigen Tagen war klar, dass damit auch das Lager der Radikalen Zulauf erhalten hatte. Auch der Öffentlichkeit blieb nicht verborgen, dass erhebliche Zweifel an der Sinnhaftigkeit des neuen Währungssystems bestanden.

Dies lief überraschenderweise mit einer katastrophalen Entwicklung der gesamten Sojaernte zusammen. Die größten Produzenten hatten Ausfälle von zwanzig Prozent und mehr. Die Nahrungsmittelproduktion war zwar nicht akut

gefährdet, aber die Geldeinnahmen der
Produzenten brachen ein. Das Mittel der
Preiserhöhung stand ihnen jedoch nicht zur
Verfügung. Insbesondere China setzte die
Weltbank daher unter Druck und stieg schließlich
aus der McNamara-Vereinbarung aus.

Im Gegensatz zu den ersten Versuchen
Russlands bei der Rohstoffkrise gab es nun aber
keine starke Reaktion. China nutzte die Gelegenheit
und verkaufte seine Sojabohnen zu zwanzig
Prozent höheren Preisen auf dem Markt. Die
Nahrungsmittelpreise stiegen sofort an. Das System
zerbrach.

Die Finanzelite atmete auf. Endlich hatten die
Marktkräfte, die sie so gut zu nutzen verstanden,
wieder freies Spiel.

Norwegen, bei Spitzbergen, 21. Juni

Die Berechnungen über Apophis wurden seit einigen Tagen in den Zeitungen sehr detailliert veröffentlicht. Ava und Norman sogen die Informationen begierig auf.

„Mir fehlt die Arbeit", sagte Ava plötzlich.

„Es gibt Wichtigeres", erwiderte Norman.

Aber sein Tonfall verriet eine Halbherzigkeit, die seine Worte ironisch erscheinen ließen.

„Vermisst du nichts?", fragte Ava.

„Was ich wirklich vermisse, sind die Nächte im Observatorium. Kein Apophis, schlechter Kaffee, kein Geld."

Sie mussten beide lachen.

„Ich fühle mich so unfähig", fuhr Norman fort. „Dieses Leben in der Natur ist nicht für mich gemacht. Den letzten Computer habe ich vor drei Monaten gesehen. Mir …"

Norman wurde von einem heftigen Klopfen an der Tür unterbrochen. Ava stand auf und sah durch das Guckloch. Sie wurde kreideweiß.

„Sie haben uns!"

Dann öffnete sie die Tür. Zwei Mitarbeiter des Sicherheitsdienstes von Sigma 3 traten ein.

„Endlich haben wir Sie gefunden", sagte der etwas Kräftigere. „Sie sind schon vor Monaten für unschuldig erklärt worden. Lia Vanné … hat Selbstmord begangen. Die Community in Sigma 3 benötigt ihre Mithilfe. Bitte kommen Sie wieder zurück."

Norman und Ava sahen sich an. Sollten sie den beiden glauben?

„Haben Sie einen Beweis für das, was Sie sagen?", fragte Norman.

Der Mann kramte in der Innentasche seiner Jacke und zog einen Zettel heraus.

„Bitte sehr."

Gemeinsam mit Ava überflog Norman den Text. Auf dem Papier stand genau das, was ihnen eben gesagt worden war, unterschrieben von der Leitung von Sig3.

„Lassen Sie uns bitte alleine", sagte Ava. „Wir wollen uns beraten."

Die beiden Männer nickten und gingen vor die Tür.

„Bis eben war ich mit unserem Leben eigentlich ganz zufrieden", sagte Norman. „Aber vielleicht ist das auch eine Sackgasse. Wir können hier nur ausharren."

„Lass uns nicht jetzt darüber reden", sagte Ava. „Ich will wissen, ob sie es wirklich ernst meinen. Wenn das ein Trick ist, dann werden sie uns gleich rauszerren. Wenn sie es ernst meinen, dann warten sie höflich."

„Sie hätten uns sowieso festnehmen können", sagte Norman. „Offenbar bin ich wirklich nicht mehr unter Anklage."

„Allerdings sind wir unerlaubt aus der Station abgehauen", gab Ava zu bedenken.

„Dafür wird sich keiner mehr interessieren, wenn wir zurückkommen. Wir sollten es versuchen."

Ava überlegte, dann musste sie Norman zustimmen.

„Sie haben uns genau zur richtigen Zeit gefunden", sagte Ava zu den beiden Männern. „Wir packen unsere Sachen."

Am nächsten Tag standen sie vor dem großen Stahltor, das Sigma 3 hermetisch abriegelte. Die schweren Türen öffneten sich und sie wurden zur Leitung der Station gebracht.

„Zunächst möchte sich ganz Sigma 3 bei Ihnen dafür entschuldigen, dass wir Sie ungerechtfertigt verdächtigt haben. Aber die ganze Station war von Panik ergriffen. Das Leben unter der Erde tut uns allen nicht gut. – Aber deswegen sind Sie nicht hier. Wir haben vom globalen Programm-Management einen neuen Auftrag erhalten und benötigen Ihre Hilfe."

„Was ist das für ein Auftrag?", fragte Norman neugierig.

„Es handelt sich um das Projekt ‚Arche Noah'. Um das Überleben der menschlichen Spezies zu sichern, sollen vor dem Aufprall Raumschiffe mit Freiwilligen gemeinsam mit einer vollständigen Biosphäre zum Mars geschossen werden. Nach drei Jahren Reisezeit würden sie ankommen und könnten dort neu anfangen."

Ava schüttelte den Kopf.

„Was für eine absurde Idee."

„Aber wir leben in absurden Zeiten", meinte der Stationsleiter. „Bitte überlegen Sie sich, ob Sie unserer Bitte nicht nachkommen wollen. Sie erhalten völlige Freiheit bei der Umsetzung."

Norman musste nicht lange überlegen. Die Gelegenheit, endlich wieder ein geordnetes Leben ohne körperliche Arbeit zu führen, war zu verlockend für ihn. Ava zögerte ebenfalls keinen Augenblick.

Sie bezogen ihre Zimmer und gingen dann gemeinsam in die Kantine.

„Es wirkt alles, als hätte sich nichts geändert", sagte Ava.

„Aber es hat sich etwas verändert. Wir sind aus Sig3 geflohen und haben zehn Monate da draußen überlebt."

„Und nun gibt es ein neues Projekt, ein echtes Katastrophenprojekt. ‚Arche Noah' bedeutet doch eigentlich, dass man das völlige Auslöschen der Menschheit in Betracht zieht."

Norman nickte nachdenklich.

„Das hier sind die aktuellen Unterlagen, die ich über den Verlauf von Apophis gefunden habe", sagte Norman. „Die Aufschlagsorte werden immer ungünstiger. Es sind beinahe alle Großstädte betroffen. Außerdem wird die Energieversorgung zusammenbrechen. Die großen Öl- und Gasfelder werden zerstört sein. Aber das Entscheidende: Bereits im Vorfeld des Aufschlags ist mit erheblichen atmosphärischen Veränderungen zu rechnen. Einige Meteoriten werden die Sonne kurzfristig abdunkeln. Damit werden kurze Eiszeiteffekte eintreten."

„Das ist vermutlich auch der wirkliche Grund für das Arche-Noah-Projekt", sagte Ava.

„Warum werden Katastrophen eigentlich immer schlimmer, als wir denken?", fragte Norman.

„Weil wir einfach die Zusammenhänge nicht sehen."

Frankreich, Paris, 21. Juni

Übermüdet stand Zoe auf. Das dritte Mal in dieser Nacht. Miou war ein hungriges Mädchen mit einer lauten Stimme. Obwohl sich Zoe sehr auf das Baby gefreut hatte, war sie durch den Schlafentzug erschöpft.

Während Zoe ihr Kind stillte, wälzte sich Nicolas unruhig im Bett hin und her. Erst seufzte und murmelte er, dann verstand Zoe jedoch einige Wortfetzen:

„… verbrennen … renn weg … halte dich … nein!"

Als Nicolas aufwachte, fühlte er sich schlecht. Er schleppte sich zum Küchentisch, musste sich aber sofort übergeben. Zoe dachte erst, es würde einfach an dem Albtraum liegen. Aber Nicolas konnte sich kaum auf den Beinen halten. Zoe legte Miou in den Kinderwagen und sie gingen zum Arzt.

Die Falten auf der Stirn des Arztes verhießen nichts Gutes. Nicolas wurde abgetastet und geröntgt, dann bat ihn der Arzt wieder in das Sprechzimmer.

„Ich kann keine abschließende Diagnose stellen, aber diese dunklen Flecken auf dem Röntgenbild deuten auf eine Gewebeveränderung in der Nähe ihres Magens hin. Sie verursacht die Übelkeit."

„Habe ich …"

„Wenn sich die erste Vermutung bestätigt, haben Sie Krebs. Wenn er bösartig ist, werden Sie nicht mehr lange haben, vielleicht noch einige Wochen. Aber es kann genauso eine gutartige Geschwulst sein, die sich einfach entfernen lässt. Wir nehmen gleich noch eine Gewebeprobe. Die Ergebnisse sollten in zwei Tagen vorliegen. Bis dahin gebe ich Ihnen starke Schmerzmittel. Und Sie sollten besser in sehr kleinen Portionen essen."

Jordanien, Stadt, 24. Juni

Oft hörte man die Aussage, dass Geld und Gier eng miteinander verwandt seien. Doch es hatte viele Zeiten ohne Geld gegeben, in denen der Tauschhandel dominierte. Waren in dieser Zeit die Menschen weniger gierig gewesen? Wohl kaum. Doch das Geld machte Reichtum besser messbar. Man es konnte es horten, ohne ein Gefühl von Sinnlosigkeit zu bekommen.

Eine Familie, in der es zweihundert Teller gab, würde kaum weitere zweihundert Teller sammeln. Auch Lebensmittel konnte man nicht lange aufbewahren. Aber Geld hielt lange und zu zweihundert Dollar konnte man leicht weitere zweihundert hinzufügen, ohne dass man sich eigenartig vorkam. Das Geld unterstützte die Gier, weil man es so gut sammeln konnte und weil es den Wert einer Sache so leicht messbar machte.

Aber die Gier selbst gab es auch ohne Geld. Und so war es nicht unverständlich, dass Mahmut Jerhaba sich sehr über die Fertigstellung seines neuen Anwesens freute. Er besaß nun schon vierzig Häuser, aber dieses eine gefiel ihm besonders gut. Es war ungewöhnlich schwierig in der Fertigstellung gewesen, weil kaum noch Baufirmen private Aufträge erledigten. Alle waren für das Apophis-Programm oder öffentliche Aufgaben gebucht. Die guten Beziehungen von Jerhaba und die Gier der Firmenbesitzer hatten jedoch das Unmögliche möglich gemacht und so trat Mahmut nun feierlich in die riesige Empfangshalle ein.

Morgen würde hier eine aufwendige Eröffnungsfeier stattfinden. Mahmut gab einige letzte Anweisungen für das Fest und zog dann seine sechszehnjährige Geliebte in eines der zwölf Schlafzimmer. Das Personal ignorierte die Geräusche ebenso wie den nackten Jerhaba, der kurz darauf quer durch das Gebäude zum Pool ging und sich im Wasser abkühlte.

Entspannt setzte er sich dann mit einem Handtuch um die Hüften und einer Tasse Tee auf eines der Sitzkissen am Pool und empfing Jeremias Rasputin.

„Wie geht es dir, Jeremias?"

„Die Dinge beginnen allmählich wieder an die richtige Stelle zu rücken."

„Was ist mit unseren Plänen für Europa?"

„Leider konnten wir noch nicht alles umsetzen. Die alten Netzwerke lassen sich nicht wie gewünscht aktivieren. Man hat sich neue Freunde gesucht."

Mahmut nahm einen Rosenkranz aus Bernstein in seine Hände. Mit einem kurzen Ruck zerriss er den Faden und die Bernsteinkugeln klackerten laut auf den Marmorboden.

„Es ist nicht schön, wenn die Dinge in Unordnung sind, Jeremias. Bring sie wieder in Ordnung. Sonst wirst du selbst bald eine fallende Bernsteinkugel sein. Du schuldest mir immer noch viel Geld. Ich werde es mir holen, wenn du nicht mehr dafür arbeitest."

Frankreich, Paris, 18. August

Nicolas hatte tiefe Augenringe bekommen. Die wenigen Medikamente, die er sich leisten konnte, waren die eine Ursache. Hauptsächlich war es aber der Krebs. Er fühlte, wie er täglich schwächer wurde. Miou schrie immer kräftiger, je schwächer Nicolas wurde.

„Schreie und lebe", sagte Nicolas zu dem kleinen Menschlein, das an Zoes Brust hing. „Ich will dich leben sehen."

Zoe sah das Licht in Nicolas Augen immer dunkler werden. Sie entschloss sich, mit ihrem Kind und Nicolas in die Cevennen zurückzukehren. Dort würden sie Unterstützung von ihren Eltern bekommen.

Zwei Tage später saß sie mit ihren Eltern auf der Veranda.

„Die Dinge haben sich hier verändert", sagte ihr Vater.

„Zum Positiven", ergänzte die Mutter. „Die Geldentwertung zwingt uns zur Zusammenarbeit. Niemand kann mehr im Internet einfach etwas bestellen. Der Transport ist zu teuer und die Waren selbst sind auch nicht mehr bezahlbar. Daher haben wir uns hier ein lokales Tauschsystem aufgebaut. Das Bürgermeisteramt legt wichtige Tauschgrößen fest. Sie werden dort ausgehängt und beziehen sich auf Produkte in der Region."

„Aber ihr könnt hier nicht alles produzieren, was ihr braucht, oder?"

„Nicht alles", antwortete Zoes Mutter. „Aber viel mehr, als wir gedacht haben."

Das ist ein guter Beginn, dachte Zoe.

Israel, bei Jerusalem, 12. September

Ismael Shalom Alachim war ein Mann mit beinahe siebzig Jahren Lebenserfahrung. Er war in einem Kibbuz geboren und hatte sein gesamtes Leben dort verbracht. Es gab in seinem Herzen und in seinem Verstand nicht den geringsten Zweifel an der Großartigkeit der Lebensform im Kibbuz. Sein grauer Bart zeugte jedoch davon, dass er sich noch etwas anderes wünschte.

Der Kibbuz war eine unbedeutende und machtlose Gesellschaftsform. Oft wurde versucht, daraus etwas Gutes zu machen, indem man die freie Wahl der Menschen für ihre Lebensform als etwas Positives deutete. Jeder sollte selbst über sein Leben entscheiden können.

Aber Ismael Shalom Alachim war nicht dieser Meinung. Die Welt sollte ein einziger Kibbuz werden. Niemand sollte Eigentum haben und das Geld sollte endlich verschwinden. In der Krise sah er die Chance für den Kibbuz gekommen. Er legte seine Ideen dem Rat der Ältesten vor.

„Wenn das Geld dazu führt, dass die Menschen leiden und verarmen, wenn die Menschen bemerken, dass es sich nicht essen lässt, dann sollten wir nicht länger verschämt unsere Kartoffeln pflanzen."

Die Ältesten verfielen sofort in missfallendes Gemurmel. Gerade die Arbeit auf dem Feld war außerordentlich hoch angesehen. Einige empfanden die Rede auch als anmaßend.

„Wir sollten an die internationalen Institutionen herantreten. Wir haben hervorragende Kontakte zum amerikanischen Präsidenten, nach Russland und nach Europa. Dort müssen wir vorsprechen und unsere Erfahrungen von über hundert Jahren Kibbuz weitergeben. Das ist unsere Zeit."

Großbritannien, London, 18. September

Wunden waren schmerzhaft. Diese Erfahrung hatte er schon gemacht, als seine Mutter in einem ihrer Anfälle seinen Hund verbrannt hatte. Aber Wunden heilten auch wieder. Sie hinterließen eine Narbe, die kein Gefühl mehr hatte. Kein Gefühl zu haben, bedeckte die Seele. Erst das Orakel hatte alle Narben durchschnitten und ihn ihm einen neuen Schmerz erweckt – einen Schmerz unter den Narben.

Dieser Schmerz brannte in ihm, als er die Tür hinter sich zuzog. Seit langer Zeit hatte er auf diesen Augenblick gewartet. Er stieg in seinen Land Rover und drehte den Zündschlüssel. Er liebte dieses satte Geräusch des Motors. Er würde es zum letzten Mal hören.

Seine Sinne waren wacher als sonst. Der Wagen setzte sich in Bewegung. Kies knirschte unter den Reifen, als er den Waldweg entlangfuhr. Eine Lichtung gab den Blick in ein Tal frei. Als er ausstieg, roch es nach Bäumen, Gräsern und Blüten. Nie würde er diesen Duft wieder wahrnehmen.

Aus dem Kofferraum nahm er ein langes Paket. Er legte es auf den Boden und packte ein Gestänge aus. Es fügte sich zu einem Gerät zusammen, das für andere Menschen Spaß und Unterhaltung bedeutete. Die Handgriffe waren genau einstudiert. Er begann zu schwitzen, als er schließlich den Fluggleiter aufspannte. Die filigranen Stangen ergaben ein faszinierendes Gebilde: Er hatte ein Trike zusammengebaut.

Dieses ultraleichte Flugzeug sah aus wie ein Drachen, an dem ein kleiner Sitz befestigt ist. Er setzte sich hinein, startete den kleinen Motor und gab Gas. Das Trike rollte los und erhob sich schließlich langsam im nasskalten Spätsommerwetter. Es wirkte fragil, konnte aber eine Person gut tragen.

Hinter seinem Sitz war ein schwarzer Kasten befestigt. Er war mit hochexplosivem Flüssigsprengstoff gefüllt.

Das Trike flog rund zehn Minuten, als in der Ferne Kühltürme zu erkennen waren. Die

Kühltürme dienten dazu, den erwärmten
Wasserdampf aus dem Atomkraftwerk abzuführen.
Der Wasserdampf trieb die stromerzeugenden
Turbinen an. In unmittelbarer Nähe der Kühltürme
befand sich der Reaktorkern, der das radioaktive
Kernmaterial enthielt. Dorthin steuerte der Pilot.
Er wusste, dass er sterben würde. Denn er musste
sich der Reaktorhülle aus Stahlbeton soweit nähern,
dass es vor der Explosion kein Entrinnen mehr
geben konnte. Aber er wusste auch, dass sein
Körper von einer Welle aus Energie durchströmt
werden würde. Die gleiche Energie, die auch vor
Jahrmilliarden das Universum erschaffen hatte. Er
würde eins werden mit dem Ursprung.

Ein Wachposten kam 30 Meter unter ihm aus
einem Häuschen gerannt und fuchtelte wild mit
den Armen. Als er sah, dass der Pilot nicht
reagierte, holte er sich ein Gewehr aus seinem
Pförtnerhäuschen. Doch zum Zielen kam er nicht
mehr. Die riesige Betonwand zerbarst in einem
Feuerball.

Jeremias Rasputin beobachtete das Geschehen
aus sicherer Entfernung. Über sein Smartphone
schickte er einen Videofilm an Mahmut Jerhaba.

„Damit sollte er zufrieden sein", murmelte er
vor sich hin.

Er dachte an die Serie von kleineren
Anschlägen, die er vorbereitet hatte. Sie genügten,

um ein anhaltend hohes Niveau an Unsicherheit zu garantieren. Das hatte er Mahmut versprochen und nur auf diese Weise würde er seine Schulden nicht ganz zurückzahlen müssen.

Mahmut hatte ihm, als er noch ein kleiner Broker gewesen war, 300 Millionen Dollar geliehen. Er hatte daraus in fünf Jahren über drei Milliarden Dollar gemacht, weil er an ihn geglaubt hatte. Dieser Erfolg war die Basis seiner Anerkennung als Fondsmanager gewesen.

Bis heute glaubte Jeremias, dass es einfach Glück gewesen war, das ihn so erfolgreich hatte werden lassen. Er hatte Mahmut Jerhaba in den vergangenen Jahren schon oft ausbezahlen wollen, aber Jerhaba hatte es nicht zugelassen und immer von einer „unbedeutenden kleinen Summe" gesprochen, über die er sich keine Gedanken machen sollte. Nun aber, nachdem das Geld wertlos geworden war, forderte Jerhaba die Schulden ein – in Form von teuren Rohstoffen. Und er ließ Jeremias seine Macht spüren – eine Macht, die von Gewalt genährt wurde.

Im Moment sah er keinen Ausweg aus seinem Gefängnis. Im ungünstigsten Fall würde es nach Apophis ohnehin keine Zukunft mehr geben. Aber er würde sein Bestes geben, sich in der Zwischenzeit aus der Schlinge Jerhabas zu befreien.

Norwegen, Spitzbergen, 19. September

Norman hatte ein biblisches Gefühl, als er gemeinsam mit John eine Liste von Lebewesen erstellte, die auf die Mission „Arche Noah" geschickt werden sollte. Waren Raubtiere notwendig, um einen Bio-Kreislauf zu gewährleisten? Waren Hummeln zur Sicherung der Pollenübertragung notwendig oder genügten Bienen?

John Cleve war Biologe und versuchte typische Artenzusammenhänge zu erkennen und bei der Bestückung der „Arche Noah" zu berücksichtigen. Aber beide waren sich einig: Niemand konnte vorhersagen, was mit den Pflanzen und Tieren auf dem Mars geschehen würde. Möglicherweise würde kein Lebewesen in der künstlichen Biosphäre angemessene Bedingungen zum Aufwachsen finden.

Am Abend traf er Ava, die wieder in ihrer ursprünglichen Abteilung arbeitete.

„War es eine gute Entscheidung zurückzukehren?", fragte er sie.

„Ich fühle mich besser als vorher. Ich war mein Leben lang Forscherin. Ich bin in solchen Einrichtungen zu Hause. Und wie geht es dir?"

„Heute Nachmittag hatte ich das Gefühl, Lia könnte plötzlich auftauchen. Oder ein Trupp von Sicherheitskräften. Die Vergangenheit ist einfach immer noch da."

„Aber die Zukunft auch", ergänzte Ava. „Du arbeitest in einem Endzeitprojekt."

„Das war vorher auch nicht anders", entgegnete Norman. „Den Berechnungen nach ist die Zeit für das verbleibende normale Leben noch kürzer geworden. Die Störungen in der Atmosphäre werden stärker sein, als alle dachten. Passend zum Winter wird eine kleine Eiszeit angesagt. Ich bin froh, in diesem Bunker zu sein und nicht mehr draußen."

Japan, Tokio, 22. September

Ismael Shalom Alachim und Aaron Rosenberg
saßen mit zwei Beratern der Weltbank, Jonathan
Harbour und Elizabeth Luis, sowie einem
Stabsmitglied der amerikanischen Regierung,
Fernandez Bush, in einem der unendlich vielen
italienischen Restaurants in Tokio. Die Flüge
hatten sie aus der eisernen Reserve im Kibbuz
bezahlt.

„Der Kibbuz ist die Wiege des Friedens",
erklärte Ismael mit leuchtenden Augen. „Es gibt
keinen besseren Zeitpunkt für diese Idee als jetzt.
Stellen Sie sich eine Welt ohne Eigentum vor: Der
Preis für Getreide könnte nicht ansteigen. Es gäbe
keinen Neid und keinen Hunger."

„Der Kibbuz", sagte Elisabeth Luis, „ist sicher
eine interessante Form, zusammenzuleben. Aus
volkswirtschaftlicher Sicht ist er jedoch keine
Alternative. Woher bekommen Sie Ihren

Treibstoff? Er wird in Brasilien gefördert, in Ägypten verarbeitet und dann geliefert. Wir können nicht alle Beteiligten in einer Tauschwirtschaft entlohnen."

„Zumal damit das Problem der Inflation doch überhaupt nicht gelöst wäre", ergänzte Fernandez Bush. „Für einen Liter Benzin bekommen Sie im Moment eine kleine Wohnung im Tausch."

„Der Kern des Kibbuz liegt nicht in der Tauschwirtschaft und dem Gemeineigentum", sagte Aaron Rosenberg, „sondern im Glauben an die Gemeinschaft."

„Bei allem Respekt für Ihre Lebensform – aber was sollen wir damit auf globalem Niveau anfangen?"

„Unsere Werte – unsere Werte sind es, die unser Zusammenleben stark geprägt haben", sagte Ismael. „Wir kennen keinen Reichtum. Eine einfache Regel lautet, den Reichtum des Einzelnen zu reglementieren."

„Dann das lokale Wirtschaften", ergänzte Aaron Rosenberg. „Anonymer Tauschhandel sollte vermieden werden. Der tägliche Bedarf muss in einer überschaubaren Einheit gedeckt werden können."

„Vielleicht geht mit Apophis unsere Welt unter. Vielleicht ist es die Apokalypse und das Reich Gottes kommt. Aber wenn Gott uns noch etwas länger hier verweilen lässt, dann wird die Welt nach Apophis eine andere sein. Deswegen sind wir hier. Tun Sie etwas, um die Welt für das Danach lebenswert zu machen und machen Sie die Welt zu einem Kibbuz."

Harbour und Luis sahen sich an. Sie wussten nicht, ob sie diesen Kibbuzniks noch weiter zuhören sollten. Vielleicht waren es Spinner. Andererseits hatten sie in der Vergangenheit schon vielen sogenannten Experten zugehört, von denen die meisten wenig hilfreiche Vorschläge hatten und außerdem überwiegend durch Eigennutz angetrieben wurden.

Bush räusperte sich.

„Der amerikanische Präsident hat die Freundschaft zum israelischen Volk immer sehr hoch geschätzt. Formulieren Sie Ihre Ideen aus und ich werde sie unseren Gremien vortragen. Eine Chance haben Sie bestimmt verdient."

Frankreich, Cevennen, 2. Oktober

Der Schmerz hatte ihm nur wenig Schlaf
gegönnt. Aber es war nicht nur der Schmerz. Ein
seltsames Geräusch schien in der Luft zu liegen,
nicht hörbar, eher wie ein Nachklang in den Ohren.

Jede Bewegung kostete ihn Kraft, als er im
Morgengrauen aufstand. Er macht sich eine Tasse
Kaffee. Zoe schlief noch. Sie war in der Nacht für
die Kleine mehrfach aufgestanden.

Als er das Radio anschaltete, berichtete ein
Wetterspezialist von mehreren Tornados in den
Cevennen. Tornados konnten in bergigen Gebieten
normalerweise nicht entstehen. Apophis aber
erzeugte ein spezielles Kälte-Wärme-Verhältnis, das
einen rasanten Ausgleich von warmer und kalter
Luft erforderte. So entstanden nun überall
Tornados.

Nicolas trat auf die Terrasse. Kurz überlegte er,
ob er vielleicht doch hätte in Paris bleiben sollen.

Doch das mächtige Dröhnen des herannahenden Tornados stoppte sein Denken. Eine Schneise der Verwüstung näherte sich.

Er hatte den Impuls, sich auf den Boden zu legen. Dann dachte er an seine Familie und begann zu schreien. Zoe kam mit ihrer Tochter auf dem Arm ans Fenster. Ihre Augen weiteten sich vor Schreck. Sie rannte nach unten. Die Walze aus fliegenden Steinen, Brettern und anderem Unrat kam immer näher. Ihr Vater hatte bereits die Bodenluke geöffnet. Zoes Mutter stieg nach unten in den Weinkeller, anschließend folgten Zoe mit dem Kind im Arm und ihr Vater. Nicolas versucht die Haustür von innen zu schließen. Der starke Winddruck ließ sein Vorhaben zu einem Kampf werden. Der Tornado war schon beinahe über ihnen. Zoe schrie verzweifelt, er solle endlich nach unten kommen und die Luke schließen.

Nicolas wurde von einer Böe erfasst. Er flog quer durch den Raum und stieß gegen die Klappe, die zufiel. Mit beiden Händen hielt er sich an dem Bügel der Luke fest. Er verschloss sie mit seinem eigenen Körper.

Zoe, ihr Kind und ihre Eltern waren in Sicherheit. Der Tornado fegte über das Haus. Sie sahen nicht, was mit Nicolas geschah. Da war nur unbeschreiblicher Lärm – und dann eine große Stille.

Zoes Vater versuchte die Klappe zu öffnen. Er musste sich mit seinem ganzen Gewicht dagegenstemmen. Nicolas blockierte die Luke immer noch mit seinem Körper. Endlich schaffte Zoes Vater es.

Nicolas Hände hielten sich immer noch verzweifelt an dem Metallbügel fest, mit dem sich die Klappe öffnen ließ. Aber der Rest seines Körper hatte aufgegeben. Irgendein Gegenstand hatte seinen Kopf schwer verletzt. In seinem Körper steckten zwei Eisenstangen.

„Kommt nicht hoch", rief Zoes Vater nach unten. „Bitte, kommt nicht hoch!"

Dann zog er den toten Körper ein Stück weg und deckte ihn mit einer herumliegenden Decke ab. Zoe war inzwischen trotz der Warnung ihres Vaters mit dem Kind heraufgestiegen. Das Haus war nicht mehr da. Nur Mauerreste zeugten noch von seiner Vergangenheit.

Als sie den abgedeckten Körper sah, begann sie zu weinen. Ihr Vater nahm ihr das schreiende Kind ab.

Sie machten sich auf den Weg zu einem Ferienhaus, das sie früher vermietet hatten. Wie Zoes Vater vermutet hatte, war es nicht zerstört worden, da es geschützt an einer Felswand lag.

USA, Washington, D. C., 4. Oktober

Fernandez Bush hatte eine große Familie, die er versorgen musste. Sein Name hatte nichts mit den berühmten Bushs zu tun. Es war seinem Vater bei der Einwanderung lediglich gelungen, durch ein paar Tricks seinen Nachnamen den amerikanischen Verhältnissen anzupassen.

Neben seinem Vater hatte er auch dessen zweite Frau mit zu versorgen, seine drei Geschwister, die nur geringfügige Einkommen hatten, und natürlich seine eigene Frau mit drei Kindern. Es war für ihn ein großes Wunder gewesen, als er in den Stab des Weißen Hauses aufgenommen worden war. Das Familieneinkommen war gesichert.

Obwohl er sich der konservativen Haltung im Weißen Haus schnell angepasst hatte, überkamen Fernandez gelegentlich sentimentale Anwandlungen. Eine solche Anwandlung war es gewesen, die ihn zu der Aussage bewegt hatte, dass er die Kibbuz-Idee an den Ausschuss für globales Wirtschaften übergeben würde.

Je mehr er sich nun vorstellte, wie es wohl sein würde, die Idee zu präsentieren, desto klarer wurde ihm, dass das für seine eigene Position schädlich sein würde. Solche Ideen hatten in der Regierung im Augenblick keinen Raum. Doch das war ihm egal.

Als Fernandez seinem Vater davon erzählt hatte, hatte der seinen Sohn für verrückt gehalten. Als er seiner Frau davon erzählt hatte, hatte sie gedroht ihn zu verlassen. Trotzdem waren es gerade die Zeiten in seiner Familie, die ihn davon überzeugten, die Kibbuz-Idee vorzutragen.

Er blieb also lange im Büro, um eine Präsentation für den Ausschuss fertigzustellen.

Russland, Moskau, 4. Oktober

„Ich schlag ihm den Schädel ein", knurrte Rasputin. Er saß mit seinem alten Saufkumpan

Nicolai, einem usbekischen Zuwanderer, an einem groben Holztisch in der Küche und schenkte sich das dritte Glas Wodka ein.

„Seit Wochen renne ich durch die Gegend und bezahle Auftragskiller, damit sie den Leuten Angst machen und die eine oder andere Bombe in die Luft jagen. Das ist langweilig und entspricht nicht meinem Niveau."

„Ich kann helfen dir", sagte Nicolai. „Ich mache große Knall und es macht Ruhe. Sage mir, wo Mahmut wohnt und es ist vorbei."

Rasputin geriet ins Grübeln. Sollte er wirklich versuchen, Mahmut zu beseitigen? Warum nicht? Vielleicht war es die einfachste Variante, etwas mehr Pep in sein verpfuschtes Leben zu bringen.

„Wenn du Jerhaba wirklich aus dem Weg räumen kannst, dann bekommst du eines der Ölfelder, die er in Brasilien hat."

„Brasilien, Copacabana, Sonne, Strand und junge Frauen. Ich mache Plan und du mache auch Plan für Ölfeld."

Rasputin kippte noch einen Wodka und stand auf. Plötzlich spürte er das kalte Eisen eines Revolvers an seiner Stirn.

„Wenn du gibst mir Ölfeld, dann Mahmut gibt mir auch Ölfeld. Aber du bist leichter zu töten."

Jeremias stockte kurz der Atem. Dann begann er zu lachen. Nicolai stimmte ein.

„Ich kann nicht ärgern dich. Du bist einfach zu schlau."

Sie schlugen sich auf die Schultern und gingen dann ihrer Wege.

USA, Washington, D. C., 7. Oktober

Sie waren auf dem Weg zum Ausschuss für globales Wirtschaften. Aaron Rosenberg hatte seine Kontakte spielen lassen und Ismael Shalom Alachim ließ einfach nicht locker. Also waren sie nun in Washington, einer Stadt, der sie nur wenig Gutes abgewinnen konnten.

Zur gleichen Zeit befand sich auch Fernandez Bush auf dem Weg zum Ausschuss. Er hatte alle Warnungen seiner Familie in den Wind geschlagen und sich mit dem Kibbuz beschäftigt. Irgendwas daran schien ihm so unmittelbar einleuchtend, dass er sich fragte, warum er nicht schon früher daran gedacht hatte.

Sicherlich waren große Umverteilungs-
maßnahmen von oben nach unten politisch nicht
durchzusetzen und es gab keinen einzigen Fall in
der Geschichte der Menschheit, in der ein solcher
Plan funktioniert hatte. In Revolutionen waren
immer nur alte durch neue Reiche ersetzt worden.
Aber der Abstand zwischen Arm und Reich war
seit Bestehen der Menschheit immer größer
geworden. In gewisser Weise war eine Rückkehr an
den Beginn der Menschheit daher naheliegend und
das war sicher eine Triebfeder des Kibbuz. War
nicht die drohende Auslöschung der Menschheit
eine gute Gelegenheit, diese Rückkehr in Form
eines Neubeginns zu versuchen?

Fernandez gefiel diese Vorstellung sehr und er
hatte sich entschieden, der Welt etwas
zurückzugeben. Das bedeutete, dem Ausschuss die
Kibbuz-Idee vorzutragen und dafür bestimmt nicht
nur positive Rückmeldungen zu erhalten.

Entschlossen stieg er die wenigen Stufen zum
Sitzungssaal hoch. Überrascht nahm er zur
Kenntnis, dass die Türen bereits geschlossen
waren. Zumeist wartete man, bis alle Gäste da
waren. Leise öffnete er die schweren Holztüren.
Dann wurde er kreidebleich. Die beiden
Kibbuzniks, die er in Japan getroffen hatte, hielten
bereits vor dem Ausschuss eine eigene
Präsentation.

In seinem Kopf versuchte er nachzuvollziehen, wie es dazu hatte kommen können. Offensichtlich hatten sie sehr gute Kontakte zum Weißen Haus. Für Externe ist es sehr schwer, an Termine in Ausschüssen zu kommen.

Immerhin musste er nun seine Stellung nicht in Gefahr bringen. Also setzte er sich leise auf einen freien Stuhl und hörte zu.

„Der Kibbuz ist eine Einrichtung mit langer Geschichte", fasste Shalom Alachim zusammen. „Wir versuchen in einer sehr ursprünglichen Art zusammenzuleben. Keine Entfremdung, kein Neid auf Besitztum, wenig Verkehr. Dafür aber umso mehr Gemeinschaft. Daher ersuche ich Sie, dieses Element in Zeiten der Not zu stärken und der Welt zur Verfügung zu stellen."

„Herr Alachim", meldete sich einer der Anwesenden zu Wort. „Der Fortschritt in Produktivität und Wissen ist doch im Wesentlichen darauf zurückzuführen, dass die Menschen global und hoch spezialisiert arbeiten. Ist die Kibbuz-Idee nicht völlig gegenläufig?"

„Der Fortschritt der Menschheit kapituliert im Augenblick vor den Herausforderungen", sagte Fernandez Bush.

Alle Augenpaare richteten sich auf ihn. Niemand hatte ihn bisher reden gehört.

„Die beiden Herren sind nicht gekommen, um uns zu einem beliebigen Zeitpunkt einen netten Vorschlag zu unterbreiten", fuhr Fernandez fort. „Sie sind gekommen, weil die bisherigen Modelle sehr hohe Verluste an Menschenleben in Kauf genommen haben. Wir sind mit unseren Ideen gescheitert und hier ist eine neue auf dem Tisch."

Eine eigenartige Stille trat ein. Niemand schien zu wissen, wie man nun reagieren sollte. Immerhin hatte jemand aus dem engeren Regierungszirkel den beiden Kibbuzniks zugestimmt.

„Wir könnten den Vorschlag in unser Programm zur nachhaltigen Globalisierung einbringen", schlug der Vorsitzende vor.

Diese Phrase nutzte er immer dann, wenn er nicht weiterwusste. Aber diesmal meldeten sich noch andere Personen zu Wort. Eine heftige Diskussion entbrannte.

Norwegen, Spitzbergen, 18. Oktober

Norman lief. Er bekam kaum Luft. Aber er konnte nicht aufhören. Die Bewegung in der kühlen Herbstluft tat ihm gut. Er brauchte Zeit zum Nachdenken.

Kurz nach ihrer Flucht hatte man den Forschern in Sig3 freigestellt, sich im überwachten Umfeld der Station zu bewegen. Und Norman nutzte die Gelegenheit zum regelmäßigen Joggen.

Sie hatten sich gegen Elefanten entschieden. Eigentlich keine Überraschung. Sie sind zu groß, stehen am Ende der Nahrungskette und sind außerdem in der Embryonalphase sehr empfindlich. Eigentlich liebte Norman Elefanten sehr.

Die Zusammenstellung der „Arche Noah" bereitete ihm Kopfschmerzen. Er hatte sich zwar primär auf die Ausstattung der Shuttles und die

Startvorbereitungen fokussiert. Doch das hatte
Einfluss auf die Zuladekapazität und damit auch
auf die Tiere und Pflanzen, die sie mitnehmen
konnten.

Russland, Moskau, 18. Oktober

Rasputin war guter Dinge. Er hatte sich eine
schwarzhaarige Dame auf sein Zimmer bestellt. Mit
ihren vollen Lippen und dem glänzenden
Lippenstift hatte sie nicht viel tun müssen, um ihn
in Stimmung zu bringen.

Anschließend stieg er in einen Wagen, der ihn
zu Jerhabas neuem Palast brachte.

„Mein Freund, wie geht es dir?"

Mahmut begrüßte Jeremias überschwänglich.

„Deine Arbeit beginnt Wirkung zu zeigen. Die
Preise für Soja steigen ins Unermessliche. Es wird
so teuer wie Öl."

Mahmut führte ihn in einen Nebenraum und
schloss die Tür hinter sich.

„Heute wollte ich dir einen gemeinsamen Bekannten vorstellen. Setz dich. Ich hole ihn."

Jeremias Rasputin setzte sich. Ihm gefiel die Situation nicht. Jerhaba war zu fröhlich. So kannte er ihn nicht. Außerdem missfiel ihm der Raum.

Mahmut kam mit einem Mann zurück, dem eine schwarze Kapuze über das Gesicht gezogen war. Mit einem Ruck zog Mahmut die Kapuze ab. Das Gesicht von Nicolai kam zum Vorschein.

„Einer deiner Dienstleister", sagte Mahmut ruhig.

Dann nahm er ein Messer aus einer Schublade und stieß es dem Gefangenen in den Magen. Nicolai versuchte seine gefesselten Hände vor die Wunde zu halten. Schließlich brach er zusammen und starb.

„Leb wohl", sagte Jerhaba und ging aus dem Raum.

Ein Leibwächter hielt Jeremias eine Waffe vor das Gesicht. Jeremias dachte, dass dies vielleicht ein besserer Tod war, als auf die Meteoriten zu warten. Es war sein letzter Gedanke.

USA, New York, 18. Oktober

Als Richard die Wohnungstür aufschloss, wusste er sofort, dass etwas nicht stimmte. Es war vollkommen still. Kein Klappern, kein Atmen. Die Haustür war nicht abgeschlossen, Maria musste noch da sein.

Er traute sich nicht, nach ihr zu rufen. Vielleicht war ein Einbrecher da. Leise schlich er durch die Räume. Dann hörte er Wasser tropfen. Ein furchtbarer Verdacht kam in ihm auf. Er eilte in das Badezimmer. Maria lag reglos in der Badewanne. Ihr Kopf war unter die Wasseroberfläche gerutscht. Das Wasser war blutrot. Sie hatte sich die Pulsadern aufgeschnitten. Richard hörte auf zu atmen. Dann lehnte er sich an die Wand. Nun sah er den Briefumschlag. Er kroch zu dem kleinen Hocker am Badrand und öffnete ihn. „Ich habe das Warten auf den Tod so satt. Es tut mir leid. Ich liebe dich. Maria."

Richard stand auf und ging ins Wohnzimmer. Dort nahm er seine letzte Flasche Whisky und trank. Irgendwann weinte er und schlief auf dem Teppich ein. Als er aufwachte, rief er den Leichenbestatter an.

Als der Bestatter kam, meinte er nur: „Ist heute schon mein vierter Selbstmord."

Orientierungslos lief Richard die Nacht über durch die Straßen New Yorks. Als die Sonne aufging, wurde ihm klar, dass er nicht mehr in New York bleiben wollte.

„Ich gehe an den Ort, der für mich den größten Zauber hat", dachte er. „Dort warte ich auf den Einschlag."

Er wusste sofort, wo er hingehen wollte: nach Italien.

TEIL 3

Der Einschlag

Apophis schlug am 29. Mai ein. Man konnte die Meteoriten schon länger mit bloßem Auge sehen. Zeitpunkt und Ort des Aufschlags waren bis auf den letzten Millimeter berechnet. Von insgesamt 1800 notwendigen Raketen zur Abwehr der einzelnen Meteoriten hatten 912 produziert werden können. Von den 912 Raketen hatten 748 rechtzeitig gestartet werden können.

Für fünfzig Prozent der ursprünglichen Bevölkerungszahl standen Bunker zur Verfügung. Durch die klimatischen Veränderungen und die dadurch ausgefallenen Ernten hatte es in Afrika und Asien die unvorstellbare Zahl von 900 Millionen Hungertoten gegeben. Die Bunker waren dennoch nicht ausreichend. Die Menschen hatten versucht sich vorzubereiten. Aber wie sollte man sich auf den Untergang vorbereiten?

Ein helles Licht leuchtete über Marseille. Ein dumpfes Wummern folgte. Der Boden begann unter den Füßen der Menschen zu vibrieren. Dann wurde es sehr heiß. Die plötzliche Hitze fühlte sich an, als würde man verbrennen. Ein unglaublicher Lärm folgte.

Zoe presste Miou an sich. Sie hörte alles aus dem tief liegenden Keller eines Wohnhauses in der Innenstadt von Marseille. Für die Einschlagskraft in Marseille würde der Keller ausreichend Schutz bieten.

Nach einigen Minuten öffneten die Bewohner die schwere Kellertür und stiegen wieder nach oben. Das Haus war unzerstört. Noch nicht einmal Fensterscheiben war zerbrochen.

Zoe lief in ihr Apartment und sah aus dem Fenster: Der Himmel brannte. Vor ihren Augen breitete sich ein unglaubliches Chaos aus. Eine menschliche Fackel rannte vor Todesangst und Schmerz schreiend die Straße entlang. Die Person wurde im Laufen schwarz und verschwand in einer Wolke aus dunklem Staub, als sie hinfiel. Niemand achtete darauf. Die wenigen Autos, die trotz Verbot fuhren, blieben stehen. Einige Insassen rüttelten verzweifelt an den Türen. Doch die Elektronik blockierte und sie ließen sich nicht öffnen.

Der Lärm lag über einer großen Stille: keine Musik, kein Hupen. Ständig brachen Fensterscheiben aus ihren Fassungen und zersplitterten auf dem Boden.

Eine weitere gigantische Explosion erschütterte Marseille. Zoe verortete sie in Richtung Tricastin, wo sich ein Atomkraftwerk befand. Dort sah sie einen Feuerball aufsteigen und eine Staubwolke bildete den charakteristischen Pilz. Das Atomkraftwerk war trotz Abschaltung explodiert.

Zoe drückte ihre Tochter weiter an ihre Brust. Miou war ganz still. Das Radio rauschte. Nichts, als weißes Rauschen. Staub und Erde wurden durch die Explosion und den Unterdruck im Explosionsherd weit nach oben in die Atmosphäre geschleudert und begannen den Himmel zu verdunkeln. Fallout, der radioaktive Niederschlag, begann vom Himmel zu schweben.

Den Rand suchen

Am Rand. Einfach am Rand zu stehen und zu atmen. Allmählich den Atem in seinen Wellen in sich aufsteigen und wieder sinken zu lassen. Seine rechte Wange brannte. Nicolas öffnete die Augen und sah noch, wie Zoe ihm eine Ohrfeige auf die andere Wange gab.

„Bist du wach?", schrie sie.

Dann wachte sie auf. Sie träumte immer noch von Nicolas. Die Meteoriten, das Atomkraftwerk. Plötzlich war ihr klar, was sie tun sollte. Sie nahm eine Tasche und packte einige Kleider und etwas Essbares ein.

Raus aus der Stadt, dachte sie. Irgendwohin. Sie band sich Miou in einem Tragetuch auf den Rücken und nahm die Tasche. Dann ging sie einfach.

Die Polizisten und Militärs nahmen keine Notiz von ihr. Sie waren damit beschäftigt,

Notfallverordnungen auszuführen, Straßensperren zu errichten und die vielen in Panik geratenen Menschen unter Kontrolle zu halten. Überall waren Schreie zu hören. Die Hitze hatte viele Häuser in Brand gesetzt. Vom Himmel regnete es radioaktiven Staub.

Zoe lief mit ihrem Kind an Leichen vorbei. Schließlich sah sie ein Fahrrad. Fahrräder waren eines der wenigen zuverlässigen Fortbewegungsmittel geworden. Es war nicht abgeschlossen. Ein ungesicherter Schatz. Sie überlegte nicht lange, klemmte die Tasche auf den Gepäckträger und fuhr los. Miou war noch immer fest im Tragetuch auf ihren Rücken gebunden.

Sie brauchte zwei Stunden bis zur Stadtgrenze von Marseille. Allmählich versiegte der Lärm der Stadt. Nur noch leise waren die Schreie, Hupen und Sirenen zu hören. Das Chaos lag hinter ihr, die Leere vor ihr.

Nach einer weiteren Stunde begann sie die Orientierung zu verlieren. Die Welt sah im Dämmerlicht, bedeckt mit dunkelgrauem Staub, anders aus. Wo war sie eigentlich genau? Sie war weg. Auf dem Weg. Das sollte genügen, sagte sie sich.

Die Sonne ging langsam unter und das Dämmerlicht wurde zu einer undurchdringlichen Schwärze, weil keine Straßenlichter angingen. Miou wachte auf. Mit ihren großen Augen sah sie zu, wie ihre Mutter die Tür zu einer verlassenen Gartenlaube öffnete.

Zoe nahm ihre Tochter aus dem Tragetuch und setzte sich mit ihr auf eine Bank. Miou kletterte hinunter und begann auf dem Boden zu spielen. Zoe wusste, dass jeder Zentimeter mit giftigem Staub verseucht war. Was sollte sie tun? Sie riss ihr Kind vom Boden weg und drückte es wieder an sich.

Zoe glaubte das Sterben um sie herum zu spüren. Tödliche Strahlung überall. Vielleicht würden sie auch bald sterben. Sie fand ein paar große Kartons und eine Decke und machte daraus ein Bett.

Kurz vor der Morgendämmerung erwachte sie von der feuchten Kälte, die in ihre Kleider gekrochen war. Miou schlief noch. Es war vollkommen still, kein Vogelgezwitscher, keine Grillen. Die Zeit, in der die Nachtwesen ihre Aktivität einstellten und die Tagwesen noch nicht wach waren. Zoe befand sich zwischen den Zeiten, in einem Schattenland, in dem die Gesetze der Nacht ausklangen und die des Tages noch nicht angewandt werden konnten.

Sie stand auf, rieb sich ihren Körper warm und sprang ein paarmal auf und nieder, um ihren Kreislauf in Schwung zu bringen. Seltsame

Gedanken gingen ihr durch den Sinn. Sie stellte sich vor, wie sie und ihrer Tochter auf der riesigen Erdkruste als winzige Lebewesen auf und nieder sprangen, unter ihnen die kochende Lava des Erdinneren, über ihnen die eiskalte Unendlichkeit des Weltalls. Und auf dieser hauchdünnen Grenze zwischen Lava und Weltall bewegten sie sich. Alle Menschen bewegten sich auf dieser Grenze, hofften, dass die Lava nicht durchbrechen und das Weltall nicht auf ihre Köpfe fallen würde. Auf einer Grenze zwischen Erfrieren und Verbrennen, wie Fresken auf den feuchten Putz gemalt.

Die Meteoriten waren wie eine Abrissbirne, die die Fresken an der Wand zerfallen ließen. Fresken waren nicht für die Ewigkeit. Kurz auf den feuchten Putz gemalt, bis zum nächsten Putz. Irgendwann hatten die Menschen begonnen, den Putz zu erhalten. Sie verbargen die tragende Konstruktion und kümmerten sich um den Putz. Leider hatten sie dann zu glauben begonnen, dieses Äußere spiele die tragende Rolle.

Kurz überlegte Zoe, ob sich die Zeit nicht doch zurück bewegen, die Nacht wieder anbrechen und das Grauen von gestern verschwinden könnte. Aber wie gewöhnlich brach die Morgendämmerung an. Und sie hatte Hunger und sehnte sich nach Croissants und Kaffee.

Aber es gab jetzt Wichtigeres. Sie gab Miou etwas zu essen und band sie sich wieder auf den Rücken. Dann stieg sie auf das Fahrrad, das ihr auf einmal so wichtig wie ihr Leben schien.

Immer wieder hielt sie zwischendurch an, damit Miou sich bewegen und sie selbst etwas Kraft sammeln konnte. „Wie lange kann man so leben?", überlegte sie. Sie setzte sich an einen Bach und betrachtete das Wasser. Konnte man das trinken? Sie hielt ihre Hand ins Wasser. Das Plätschern des Baches gefiel ihr. Schließlich trank sie.

Nach einigen Kilometern kamen sie zu einer verlassenen Siedlung. Die Sonne blinzelte kurz zwischen dem grauen Staub hervor, wie ein kleiner Glücksmoment. Etwa vierzig Häuser gruppierten sich entlang einer Straße. Niemand schien mehr hier zu sein. Keine Autos, geschlossene Rollläden und offene Türen. Ein winziger Supermarkt mit Bäckerei hatte hier einmal die Versorgung sichergestellt.

Zoe stieg vom Fahrrad, ließ Miou hinunter und klopfte gegen die geschlossene Tür. Niemand antwortete. Sie drückte die Klinke herunter. Knirschend öffnete sich die Tür. Als sie eintraten, sah sie leere Regale.

„Mist!"

Sie begann nach Resten zu suchen. Ein Geräusch ließ sie schließlich zusammenzucken. In der Eingangstür stand ein alter Mann.

„Was willst du hier? Wer bist du?"

„Ich habe Hunger."

„Wo kommst du her?"

„Ich bin aus der Stadt."

Das alte Gesicht sah sie abschätzend an.

„Das ist weit. Warum bist du nicht in der Stadt geblieben?"

„Meine Tochter", sagte Zoe und sah sich nach Miou um, die zwischen die Regale gelaufen war. „Ich kann mit ihr nicht dort bleiben. Die Menschen fangen an zu plündern."

Der alte Mann musterte sie, dann zeigte sich ein winziges Lächeln in seinem Mundwinkel.

„Gut. Kommt mit und ruht euch aus. Wir haben uns einen Bunker gebaut. Und wir haben Essen."

„Danke."

Sie verließen den Laden und gingen durch einen Hinterhof auf ein anderes Haus zu.

„Ich heiße Jean. Und du?"

„Zoe. Und das ist Miou."

Sie folgten Jean zu dem Fachwerkhaus. Jean öffnete die Haustür und führte die beiden hinein. Acht Personen saßen in einer Wohnküche und starrten die Neuankömmlinge an.

„Ich habe sie im Laden gefunden", sagte Jean. „Sie heißt Zoe und das Kind Miou. Sie möchten sich ausruhen."

Einer der Männer stand auf und holte aus einem Schrank Knäckebrot und Käse. Dazu stellte er eine Flasche Wein auf den Tisch.

„Iss langsam", meinte der Alte.

Zoe vergaß ihre Vorsicht, als sie das Essen sah und griff zu. Miou nahm von dem Brot und knabberte daran. Es störte sie nicht, dass ihnen alle beim Essen zusahen.

„Langsam", mahnte eine der Frauen.

„Warum seid ihr nicht in die Stadt gegangen?", fragte Zoe. „Alle sind in die Stadt gegangen, weil sie dort auf Rettung gehofft haben."

„Das ist Unsinn", sagte die ältere Frau. „Wir bleiben, wo wir sind. Hier kennen wir uns aus."

Zoe nahm einen Bissen Brot und streichelte ihr Kind.

„In der Stadt herrscht jetzt Chaos. Die Menschen haben sehr viel Angst und rennen umher. Die Polizei und das Militär beginnen die Straßen abzuriegeln, um die Plünderungen einzudämmen. Durch den giftigen Staub werden viele Menschen sterben. Ich habe gehofft, hier draußen etwas Ruhe zu finden."

Eine der beiden Frauen stand auf und nahm sie bei der Hand. „Komm mit", sagte sie. „Hilf mir beim Kochen."

Das Orakel

Sechs Monate später. Immer noch waren viele Industrieanlagen zerstört. In Frankreich und Russland war es durch den Einschlag in einem Atomreaktor zu einer Kernschmelze gekommen. Der Fallout hatte weiter Gifte und Radioaktivität verteilt. Einige Nahrungsmitteldepots waren kontaminiert und unbrauchbar geworden. Die Zahl der Menschen hatte sich auf drei Milliarden reduziert. Eine Milliarde von ihnen war durch schwere Strahlenschädigungen zum Tode verurteilt. Viele Menschen waren traumatisiert und nicht mehr ansprechbar. Aber nicht Sora.

Sora war auserwählt. Begegnet war sie dem Orakel vor einem halben Jahr, kurz nach dem Einschlag. Als die Meteoriten die Welt getroffen hatten, war sie in Rom gewesen. Sie hatte in einer

dunklen Welt aus Katakomben und Trümmern
überlebt. In dieser Dunkelheit war sie dem Orakel
begegnet. Es hatte geleuchtet und ein Feuer in ihr
entzündet, das sie nie vorher kennengelernt hatte.
„Niemand kennt das Feuer des eigenen Herzens",
dachte sie.

Sie erinnerte sich gut daran, wie sie dem Orakel
zum ersten Mal begegnet war: Ein Mann hatte in
einem der dunklen Gewölbe gesessen. Nur die
flackernden Kerzen hatten sein Gesicht erhellt.
Viele Menschen hatten um ihn herum gesessen und
ihm zugehört. Seine Stimme war voller Energie
gewesen. Durch diese Stimme hatte sie die Dinge
akzeptieren können, wie sie waren, den Widerstand
fallen lassen und einfach offen werden.

Das Orakel sprach von Liebe und von Hass.
Das waren Dinge, von denen keiner eine klare
Vorstellung hatte. Doch das Orakel schon. Es hatte
eine klare Vorstellung von der Liebe. Sie beruhte
auf dem Prinzip der Nächstenliebe. Die bürgerliche
Familie lehnte es ab. Sie war lediglich Teil einer
Welt voller Reglementierungen und
Besitzansprüchen, einer Welt, deren Nachteile alle
kannten. Das Orakel verband die Liebe mit einem
Anspruch auf Führung. Wo der Besitz endete und
wo die Freiheit anfing, konnte ein Einzelner nur
schwer entscheiden. Er bedurfte seiner Hilfe. Das

Orakel hatte eine eigene Vorstellung von Gerechtigkeit.

Um das Orakel herum saßen die Wesire und Ratgeber. Ihre Aufgabe war es, die Worte des Orakels zu interpretieren und weiterzutragen. Sie standen den anderen für Diskussionen und Fragen zur Verfügung. Sie waren aber auch in der Lage, mit dem Orakel selbst in dessen Sprache zu sprechen.

Die Kinder des Orakels, so nannten sich seine Jünger, entwickelten einen starken Wunsch nach Veränderung, während die Welt um sie herum in einer tiefen Gleichgültigkeit versank.

Das Orakel hatte eine Lebensgeschichte, die niemand kannte, weil sie vergessen werden sollte. Übrig bleiben sollte eine Reinheit, eine Essenz, reduziert auf das reine Wesen.

Er erinnerte sich oft daran, wie er vor dem Einschlag nach Italien reiste. Seine Liebe hatte Selbstmord begangen und er hatte keine Idee, was er mit seinem Leben noch tun sollte. Als er wieder einmal ohne Ziel durch Rom irrte, hörte er vor der Fontana di Trevi eine Gruppe von Kibbuz-Anhängern lautstark diskutieren.

Nach mehreren Auftritten zweier Kibbuzniks vor der Weltbank waren überall auf der Welt Bürgerbewegungen entstanden, die versucht hatten, Einfluss auf ihre Regierungen zu nehmen und

Elemente des Kibbuz in ihrem Zusammenleben sehen wollten. Wütend diskutierte die Gruppe ihr Scheitern einer Petition und eine angebliche arabische Verschwörung, die dahinter stecken sollte. Aber keiner nahm sie ernst. Er spürte in diesem Moment, dass er selbst eine Botschaft hatte, nicht unähnlich dem Kibbuz, aber auch anders, offener. Er wollte nicht aus der Welt verschwinden, ohne seine Botschaft weiterzugeben. Das war der Zeitpunkt, als Richard Brady zum Orakel wurde.

Brücken brechen

Es war ein sonniger Morgen, als Norman und Ava aus Sigma 3 herausgingen. Sie waren die Ersten, die sich trauten, nach dem Einschlag aus dem Bunker zu gehen.

Der giftige Fallout war aufgrund der Wetterlage nicht weit in den Norden Europas vorgedrungen. Hier schien das Leben beinahe normal

weiterzugehen. Von Langzeitfolgen wollte natürlich
niemand sprechen.

Norman sah nach oben. Dort war sie irgendwo.
Die „Arche Noah" hatte rechtzeitig gestartet
werden können. Es würde noch gute zwei Jahre
dauern, bis sie auf dem Mars ankommen würde.
Weil die Kommunikationssatelliten ausgefallen
waren, gab es keine Nachrichten aus der Arche.
Lediglich Teleskopaufnahmen zeigten, dass sie
noch existierte. Er dachte gelegentlich daran, dass
nun außerhalb der Erde etwas Neues anfangen
würde – wenn die Mission wirklich fehlerfrei
abliefe.

Norman und Ava gingen zu einem der
Geländewagen, die auf dem Parkplatz standen, und
luden ihn bis oben hin mit Lebensmitteln und
Benzinkanistern voll. Sie hatten sich für einen
längeren Ausflug offiziell abgemeldet.

Sie fuhren mehrere Tage über kleinere Straßen
und Feldwege, um nicht eine der Sicherheitszonen
durchqueren zu müssen. Schließlich erreichten sie
die Öresundbrücke. Die Brücke verband Dänemark
und Schweden und war mit einer Länge von
fünfzehn Kilometern eine Meisterwerk der
Ingenieure. Apophis hatte sie standgehalten.

Nachdem sie die Brücke überquert hatten,
hielten sie auf einem der Parkplätze an und sahen
sich um. Plötzlich stieg in der Mitte der Brücke, die

sie gerade noch überquert hatten, eine gleißende Stichflamme in den Himmel. Dann brach in einer unendlichen Langsamkeit die Brücke ein. Die wenigen Wagen darauf wurden in den großen Schlund gezogen. Die ganze Öresundbrücke brach zusammen. Die über zweihundert Meter hohen Pylonen schienen sie kurz halten zu wollen, aber die Explosion hatte die einzelnen Teile der Brücke in Schwingungen versetzt, sodass alles zerbrach und in die Ostsee fiel. Riesige Betonteile versanken im Meer.

„Unfassbar", flüsterte Norman. „Sie hat Apophis überlebt. Und kaum fahren wir darüber, bricht alles zusammen."

„Jetzt können wir nicht mehr zurück nach Sig3."

„Vor uns liegt Malmö."

„Vielleicht sollten wir nicht zu nah an die Stadt heran. Mit der Sicherheitszone dort will ich lieber nichts zu tun haben."

Sie stiegen in den Wagen, fuhren von der Schnellstraße ab und bogen auf einen Feldweg ein. Die Navigationssysteme funktionierten nicht mehr, da die Satelliten für das amerikanische GPS, das russische Glosnass und das chinesische BeiDou nicht mehr in Betrieb waren.

Auf jeden Fall wollten sie die Sicherheitszone um Malmö zu meiden. Im Hinterland von

Jönköping würden sie die kommenden Wochen
ausharren können.

In der Dämmerung sahen sie einige Lagerfeuer
brennen. Als Ava in den Nachthimmel blickte,
dachte sie an ihre Mutter.

„Es wird kann kein Leben und keine Liebe
geben, wenn es nicht in deinem Herzen beginnt",
hatte sie ihr immer gesagt.

Der Lichtberg

Eigentlich war hier nichts, nur dunkelgraue
Erde. Gelegentlich verwandelte sich die graue Erde
in rotes Blut oder glühendes Magma, je nach
Stadium der Geschichte. 3340 Meter hoch, der
Monte Etna auf Sizilien, der größten Insel im
Mittelmeer. Viele Völker waren hier auf dem
grauen Gestein über die Jahrtausende hinweg
gewandert: Griechen, Phönizier und Karthager in
frühen Zeiten, dann die Römer, Staufer und
Franzosen. Was wollten alle hier, in der

unangenehmen Kälte und dem ewigen Wind auf dem Gipfel?

Sie wollten ein Stück von dem Licht, das hervorquoll aus der Erde. Jeder, der dem Licht zu nahe kam, wurde vernichtet. Aber diejenigen, die die richtige Distanz hielten, wurden reich und mächtig.

Die Menschen auf Sizilien hatten gelernt, in großer Nähe zum Tod zu leben. In den vergangenen Jahren hatten sich die Beben in der Welt gehäuft. Überall wurden Stimmen laut, dies sei die Apokalypse. Die Engel des Todes würden nun bald vom Himmel reiten und Pest, Kriege und Hungersnöte verbreiten. Alle fühlten, dass eigenartige Dinge passierten. Dinge, die nicht geschehen durften.

Zwei Tage nachdem die Brücke in Öresund im Meer versunken war, brach der Etna brach. Vielen schien es, als würde zu einer leuchtenden Fackel in Europa. Er löste in den Menschen eine Sehnsucht nach der Wärme eines Feuers und dem gemeinsamen Essen am Abend aus. Eine Pilgerbewegung nach Italien setzte ein.

Caminos Bar

Karthago war eine bedeutende Stadt an der nordafrikanischen Küste. Im neunten Jahrhundert vor Christi Geburt war es von den Phöniziern als kleine Kolonie gegründet worden. Sie hatten damit die Schifffahrt im westlichen Mittelmeer sichern wollen. Doch der Erfolg hatte Karthago bald selbstständig werden lassen. Die Macht über einen riesigen Teil des Meeres hatte der Stadt Kontrolle über sich selbst gegeben. Sie war zur Weltmacht aufgestiegen. Doch die Herrschaft war unvollständig geblieben. Die Römer hatten Süditalien erobert und einen erbitterten Kampf um das Mittelmeer begonnen. Über hundert Jahre lang sind die drei Punischen Kriege geführt worden. Karthago war dem Erdboden gleichgemacht worden und Rom hatte geglaubt, sein Reich für die Ewigkeit gegründet zu haben.

„Karthago" hieß seine Bar. Seit Tagen pilgerten die Menschen vorbei. Für Camino änderte das vieles. Seine kleine Bar lag auf der Hälfte des Weges zwischen Reggio und Calabrece in einem winzigen Dorf, das auf dem äußeren Ring des Vulkanausbruchs lag.

Anfangs war es eine der vielen italienischen Heiligengeschichten gewesen. Eine Madonnenerscheinung hatte die Pilger dazu bewegt, ihre Route in Richtung Reggio zu ändern. All diese Menschen machten nun an seiner Bar halt, um etwas zu trinken oder zu essen. Früher hatte Camino höchstens zehn Gäste an seiner Theke gehabt. Jetzt waren es Tausend. Sein Bruder und dessen Frau, die ganze Familie musste ihm helfen.

Der Plan

Die Luft in dem engen Saal war verbraucht und stickig. Die Menschen warteten in dem überfüllten

Raum schon seit Stunden. Aber das alles spielte für die Anwesenden nun keine Rolle mehr. Das Orakel trat vor die Jünger. Das Orakel sprach und jeder wusste, es würde sein Leben verändern.

„Die Menschen haben ihren Mythos vergessen. Sie glauben, dass ihre modernen Staatsgebilde aus Vernunft gegründet wurden. Vernunft ist ohne Motiv. Nichts geschieht aus Vernunft. Das Geschehen ist ein Schicksal, ein endloses Brennen. Eine Eruption der Energie.

Die Welt hat begonnen sich zu verändern. Wir haben endlich einen Raum eröffnet. So entsteht die Möglichkeit, sich zu bewegen. Ihr, die ihr hier steht und das Licht ahnt, ihr seid der Antrieb für diese Welt. So wie ihr ein Strahlen in euch tragt, so werden bald alle erhellt werden.

Sich in der Mitte zu befinden, bedeutet, einen Kreis zu bilden. Ihr alle seid die Mitte eines Kreises, könnt ein Zentrum bilden, um das herum sich die neue Welt entwickeln wird.

Das Zentrum ist das Glück des Einzelnen. So einfach ist der Mensch: Er will hin zum Glück und er ist dazu da, dorthin zu kommen. Das ist alles. Es wird nichts anderes da sein und es war nie etwas anderes da."

Das Orakel wartete die Reaktion seines Publikums nicht ab, sondern ging direkt in das kleine Zimmer zurück, in dem er seit vielen

Monaten wohnte. Er roch das verrußte
Kerzenwachs, die Übermüdung und den Schweiß.
Er erinnerte sich an die zerknüllten Papiere und
langen Reden, die über jeden Satz gehalten worden
waren. Aber schließlich hatte er seinen Satz in den
Stein des Hauses geschlagen, den Satz, der
wichtiger war, als alle anderen: „Frieden wird sein,
wenn wir der Schöpfung folgen und das Geld
vergessen haben."

Seine Jünger schrieben den Satz auf viele
tausend kleine Zettel und verbreiteten so seine
Botschaft.

„Was kann so ein Satz wohl verändern?",
überlegte er. „Es sind nur Worte. Sie erhalten die
Bedeutung erst von den Menschen, die nach diesen
Worten leben. Wir leben, um Glück zu schaffen.
Alles andere wird verwelken, weil es keine Kraft
hat."

Der Mann, der früher Richard Brady war, legte
sich schlafen.

Viele Hundert Kilometer entfernt saß Zoe auf
einem alten Gartenstuhl und sah ihrer Tochter
beim Spielen zu. Sie hatte erfahren, dass ihre Eltern
gestorben waren. Der gesamte Landstrich war
radioaktiv verseucht worden. Es gab nur noch ihre
Tochter und sie selbst. Ein Zettel wirbelte durch
die Luft zu ihr. Gedankenverloren überflog sie den
einen Satz, der darauf stand. Sie nickte und

überlegte, warum erst ein Meteorit einschlagen musste, damit sie diesen Satz glaubte.

Epilog

Menschengruppen gliedern sich schnell in Hierarchien. Die meisten wollen in diesen Pyramiden nach oben. Sie treibt die Gier. Die Gier der Menschen ist unermesslich. Geld macht sie lediglich sichtbar.

Noch immer vereint ein Prozent der Menschheit etwa siebzig Prozent des Wohlstands auf sich. Niemals würden sie etwas davon abgeben, auch wenn sie es in ihrer Lebenszeit keinesfalls verbrauchen können. Sie behalten ihre Schätze als Teil ihrer sozialen Anerkennung, zur Demonstration von Luxus – einfach, weil es ihnen zugefallen ist.

Die Verhältnisse sichtbar zu machen, verändert viel. Es macht die Gier bei jedem einzelnen Geschäft sichtbar. Nicht das Geld ist die Ursache, sondern die Gier.

Dabei ist die Gier ein Verlustgeschäft. Sie gleicht einen Mangel an Liebe aus – doch nur scheinbar. Niemals gelangt man durch Gier zur Ruhe, niemals.

Nur Liebende verlieren ihre Gier. Sie wollen teilhaben lassen.

Das ist das Problem, kein anderes: Es gibt zu wenig Liebe. Sie würde uns den Tod leicht werden lassen. Wir würden die Gier vergessen. Und das Geld bliebe, was es ist: Metall und Papier.

Von Ben Faridi ebenfalls erschienen:

Wasser in meinen Händen
Tagebuchroman über eine verzweifelte Liebe

Leonhards Geheimnis
Roman über das Geheimnis des Glücks

Angst am Abgrund
Amalfi-Krimi mit Rezepten

Das Schweigen der Familie
Azoren-Krimi mit Rezepten

Unsägliches Glück
Kurzgeschichten

Zeitenwende
Actionthriller zum Thema „Menschenrechte"

www.benfaridi.de

Printed in Great Britain
by Amazon